Sommer 84 v. [illegible] Stein

Zu diesem Buch

«Eine geraume Zeit ist darüber vergangen, daß Arno Surminski mit seinem Roman ‹Jokehnen› als Schriftsteller auf sich aufmerksam machte, und das mit gutem Erfolg. Nun ist er, in geistiger Schau, noch einmal in seine ostpreußische Heimat zurückgekehrt, um davon zu erzählen, wie es einstmals dort aussah und was da geschah – in Kalischken. Um ehrlich zu sein, dieses Kalischken hat es niemals gegeben. Es lag an der litauischen Grenze, war auch im tiefen Masuren zu finden, selbst in der Nähe von Königsberg sucht man es nicht vergebens. Kalischken: Das sind ein paar ins Land gekuschelte Strohdachhäuser, beliebige Dörfer zwischen Nogat und Memel, in denen die Zeit immer ein paar Wegbiegungen hinterherhumpelte, kleine Pausen einlegte und am Straßenrand ausruhte. Die Geschichten aus Kalischken sind eben irgendwo geschehen im Land der Klapperstorchwiesen und der Schilfrohrwälder ... oder sie könnten geschehen sein. So stellte der Verfasser selbst das Ergebnis seiner Träume und Erinnerungen vor, und dem ist eigentlich wenig hinzuzufügen. Es ist nicht der große Atem der Darstellung, von dem der Leser in seinem Roman angerührt und angefacht wurde. In diesem neuen Buch herrscht eine gewisse Kleinmalerei vor, die aber im Stil bedeutsamer, eindringlicher, fast könnte man sagen betörender zu wirken vermag. Jede Geschichte umfaßt nur wenige Seiten, aber was da hineingelegt ist, wirkt so eindringlich und schicksalhaft, als hätte man ein ganzes Menschenleben vor sich ablaufen sehen. ‹Das Paradies› oder ‹Die Sedanschlacht›, ‹Der wilde Ritter› und ‹Das dreizehnte Ferkelchen›. Und mit einem dieser kurzen Kapitel kann man ‹die Naturgewalten von Kalischken› miterleben. Auch über ‹Die neue Zeit› wird in fesselnder Weise Auskunft gegeben, und an einer anderen Stelle ist man gar ‹der Zeit voraus›, nachdem man erfahren hat, ‹wie der Tod nach Kalischken kam›. Mit einem Wort: Surminski erweist sich hier als Meister der kleinen Kunst» («Ostpreußenblatt»).

«Surminski ist ein fabelhafter Erzähler. Zugleich zeichnet er Menschen und Ereignisse mit den scharf beobachtenden Augen eines Reporters» («Hamburger Abendblatt»).

Arno Surminski, geboren 1934 in Ostpreußen als Sohn eines Stellmachers, blieb nach der Deportation seiner Eltern 1945 allein zurück. Nach Aufenthalten in Lagern wurde er 1947 von einer Familie mit sechs Kindern aufgenommen. Im Anschluß an eine Lehre in einem Rechtsanwaltsbüro und zweijähriger Arbeit in kanadischen Holzfällercamps ist er seit 1962 in Hamburg ansässig. Zehn Jahre lang war er in der Rechtsabteilung eines Versicherungsunternehmens tätig. Seither arbeitet er freiberuflich als Fachjournalist für Wirtschafts- und Versicherungsfragen. Nach einigen Kurzgeschichten hatte er mit seinem Ostpreußen-Roman «Jokehnen» (rororo Nr. 1985) großen Erfolg. 1978 erschien sein Roman «Kudenow oder An fremden Wassern weinen» (rororo Nr. 4669).

Arno Surminski

Aus dem Nest gefallen

Geschichten aus Kalischken

rororo

Rowohlt

61.–67. Tausend März 1983

Veröffentlicht im Rowohlt Taschenbuch Verlag GmbH,
Reinbek bei Hamburg, September 1978

Umschlagentwurf Manfred Waller (Foto: Arno Surminski)
Satz Aldus (Linotron 505 C)
Gesamtherstellung Clausen & Bosse, Leck
Printed in Germany
580-ISBN 3 499 14246 5

Das Paradies

Wenn du wissen willst, was Kalischken ist, gib mir die Hand und komm mit zum Schuster Kristan. Besuche jenes Strohdachhaus am Dorfeingang, das seit der Franzosenzeit eine bedenkliche Neigung nach Osten hat, aber nicht fallen will, das fast erdrückt wird von zwei Pappeln, die über dem Schornstein des Schusters ihre Köpfe zusammenstecken. Gutes Wetter muß sein. Dann sitzt der Schuster mit dem Flickzeug unter den Pappeln, hört die Bienchen summen und die Spatzen im moosbedeckten Strohdach schilpen.

«Na, Meister, sind die Schuhe fertig?» mußt du ihn fragen. Er wird dir keine Antwort geben. Wenn du Glück hast, schiebt er dir einen Schemel hin. Das heißt, du sollst Platz nehmen im geräumigen Wartezimmer des Schusters Kristan. Huckst dich also unter die Pappeln und wartest, bis der Schuster den Mund aufmacht. Der kann stundenlang schweigen. Der schickt dich auch schweigend zum Krug, um ein halbes Literchen Bier zu holen, denn der Geist der Sprache muß gelockt werden, der fühlt sich nur wohl in einer Mischung aus Bierschaum und Kautabak. Kaum sind die beiden vermengt, legt der Schuster los.

Was willst du hören? In Kalischken weiß jeder, warum das Haus des Schusters Kristan schief steht, warum seine Pappeln nicht kerzengerade in den Himmel wachsen, wie es sich für anständige Bäume gehört, warum die Balken über der Haustür zur Erde hin gekrümmt sind und auf der Schwelle der verkohlte Abdruck eines Pferdehufes zu erkennen ist. Das kommt von den unglaublichen Geschichten, die Schuster Kristan zu erzählen weiß, von den kopflosen Pferden, die um Mitternacht über die Dorfstraße traben, vom Teufel, der sein behaartes Hinterteil ausgerechnet an Christi Himmelfahrt in den Schornstein des Schusters hängte, dort seinen Dreck ablud und die Rauchöffnung erst freigab, als Kristan einen Bienenschwarm in den Schornstein jagte.

Aber du bist gekommen, um nach Kalischken zu fragen. Dann bitte den Schuster, dir die Geschichte vom Erzengel Gabriel zu erzählen. Sie trug sich zu, die Geschichte vom Erzengel, im Heiligen Land zu einer Zeit, als Kristan noch jung war. Damals wanderte er zu Christi Grab, brauchte fünf Jahre und ein paar Wochen für die beschwerliche Reise, setzte sich nach der Ankunft auf den Ölberg *bei Jerusalem, fand eine Quelle (direkt unter einem Kruschkenbaum), wusch den Staub des Weges aus dem Gesicht und machte sich wieder auf den Heimweg Richtung Kalischken.*

Wenn du an dieser Stelle ungläubig den Kopf schüttelst, zeigt dir der Schuster einen türkischen Krummsäbel, der neben seiner Haustür baumelt. Ein Räuber hat ihn im Kampf verloren, als er den Schuster daran hindern wollte, durch den Bosporus zu schwimmen. Kristan nahm ihm nicht nur den Säbel ab, sondern trennte auch das rechte Ohr des Wegelagerers vom Kopfe. Das eingelaufene, vertrocknete Räuberohr liegt in der Schlafstube des Schusters, direkt unter dem Kruzifix.

Den Erzengel traf der Schuster auf dem Heimweg, als Kristan in der Mittagshitze ausruhte. Er hatte zur Erfrischung die staubigen Füße in das Wasser des Jordans gesteckt und den Kopf auf ein Grasbüschel gelegt. Ein Feigenbaum verbreitete Schatten über den müden Schuster. Als er so dalag und an Kalischken dachte, kam der Bote Gottes mit weit von sich gestreckten Flügeln über das Jordanwasser spaziert, trocknete im Gras seine Füße ab und schwang sich behende in das Geäst des Feigenbaums. Da saß er, der Erzengel.

«Was treibst du dich im Heiligen Land herum, Schuster Kristan?» fragte er von oben herab.

«Ach, lieber Gabriel», antwortete der Schuster. «Ich suche das Paradies, in dem Milch und Honig fließen. Aber wohin ich auch komme, ich finde nur Sand und Steine.»

Der Erzengel schneuzte sich kräftig und blickte nachdenklich zur Erde.

«Das Paradies gibt es schon», sagte er nach langem Überlegen. «Aber es ist sehr schwer zu finden, denn es ist nur ein winziger Fleck, den du leicht verfehlen kannst.»

Er kletterte aus dem Feigenbaum, nahm Platz neben Kristan, räusperte sich und spuckte in das träge fließende Jordanwasser.

«Paß auf, ich will es dir beschreiben! Wenn du hereinkommst in das Paradies, stehen da drei mächtige Bäume, ich glaube, es sind Linden. Du kannst sie nicht verfehlen, denn sie duften nach frischem Honig. Du gehst die Pflasterstraße abwärts, kehrst dich nicht um das weiße Haus zu deiner Rechten, denn es ist ein Wirtshaus.»

Kristan wunderte sich zwar, daß es im Paradies ein Wirtshaus geben sollte, aber er wagte nicht, den Erzengel zu unterbrechen.

«Du wanderst also an dem weißen Haus vorüber mitten hinein

ins Paradies. Bald stehst du vor einem Anger, besprenkelt mit Blumen, die meisten gelb, einige auch weiß und blau. Kühe grasen kreuz und quer, auch Osterlämmer hüpfen über deinen Weg. Enten, Gänse und Hühner findest du reichlich im Paradies, dazu eine Quelle mit frischem Wasser. Ein Stückchen weiter liegt der Poggenteich mit allem Getier, das sich im Wasser wohl fühlt. Die Fische springen lustig, die Frösche machen Musik, und der Klapperstorch spaziert am Ufer auf und ab. Rundherum findest du Häuser, kleine Hütten nur, denn im Paradies braucht man keine Paläste. Die Schwalben fliegen zu den Fenstern rein und raus, im Dreck vor der Tür spielen die Kinder des Paradieses. Hinter den Häusern wogen die Kornfelder, der Mohn blüht in den Rüben, der Kuckuck ruft, der Habicht kreist über dem Acker, und vom Waldrand kommen die Krähenschwärme zu Besuch . . .»

Da sprang der Schuster auf und rief: «Das ist Kalischken! Da komm ich gerade her!»

Der Erzengel blickte ihn traurig an.

«Armer Schuster», sagte er. «Ist es wahr, du hast Kalischken verlassen, das einzige Paradies, das es auf Erden gibt?»

«Ja, so ist es», brummte Kristan.

«Steh auf und beeile dich! Vielleicht kannst du es in diesem Leben noch erreichen. Aber du mußt dich sputen, Schuster Kristan, denn bald gibt es keine Paradiese mehr!»

Die Sedanschlacht

Wie jeder weiß, schlug die Weltgeschichte im September des Jahres 1870 die Schlacht bei Sedan, die letzte Schlacht, in der die Deutschen so recht von Herzen siegten, ohne daß ein dickes Ende folgte. Ein leibhaftiger Kaiser ging, nein er fuhr per Kutsche in die Gefangenschaft, band den Degen von seinem rundlichen Leib und übergab ihn dem Sieger, während die Armeen in gebührendem Abstand zusahen. Es ist ein Jammmer, daß Schlachten wie diese nur selten vorkommen. Sie heben so recht die patriotische Stimmung. Auch kann man an langen Winterabenden darüber sprechen, den Kindern erzählen und den Enkeln, sich daran festklammern, wenn die Zeiten düster werden.

So war es kein Wunder, daß findige Menschen daran dachten, Sedan zu wiederholen. Immer wieder Sedan feiern, weil es so herzergreifend schön ist. In Kalischken kam Krugwirt Podreit auf diesen Einfall. Einen Abend lang besprach er sich mit dem Kriegerverein, und tags darauf ritt eine Abordnung ins Nachbardorf Padrauken, weil Kalischken nicht genug wehrfähige Männer besaß für eine große Umzingelungsschlacht. An der Spitze des Zuges Podreit, der vom Pferd herab zu den Padraukern sprach:

«Zehn Jahre ist es her seit dem großen Sieg von Sedan. Es wird Zeit, den Franzosen wieder das Fell vollzuhauen. Wir haben gedacht, auf den Stoppelfeldern zwischen Kalischken und Padrauken, wo die Kinderchen die Gänse hüten, die beiden Heere aufeinanderprallen zu lassen. Wir von Kalischken sind die Preußen, ihr Padrauker spielt die Franzosen.»

Die von Padrauken sahen es nicht gern, mit dem krutzigen Spitzbart Napoleon in Sedan umzingelt und gedemütigt zu werden. Aber sie brachten das Opfer um der guten Sache willen. Und so wurde die Sedanschlacht angesetzt auf einen Freitag Anfang September, gleich nach Kleinmittag. Na, hoffentlich ist gutes Wetter in Sedan!

Eine Schlacht vorzubereiten, ist ein ordentliches Stück Arbeit. Krugwirt Podreit fuhr in die Goldaper Garnison, um Flinten, Platzpatronen und alte Uniformen auszuborgen. Auch Jagdgewehre sammelte er im Dorf, dazu Dreschflegel und Sensen für das Fußvolk. Baumstämme mußten auf Leiterwagen montiert werden und hatten auszusehen wie die Kanonen von Sedan. Auch an die Personen der Handlung war zu denken. Krugwirt Podreit wäre gern der Preußenkönig Wilhelm geworden, aber die Natur hatte ihm einen kräftigen Backenbart verweigert, so daß er sich mit der Rolle des Eisernen Kanzlers begnügen mußte. Die allerdings auf Lebenszeit. Den Preußenkönig spielte ein schweigsamer Stellmacher mit Vollbart, dem der Kriegerverein die Bedingung auferlegte, am Sedanstag das Kinn ausscheren zu lassen, um größtmögliche Ähnlichkeit mit dem historischen Vorbild zu erreichen. Für den kleinen Moltke fand sich der Bauer Kossak, ein Mensch von gedrängter Statur, der zwei Zentner und ein paar Pfundche wog und jedes Pferd in die Knie zwang.

Schlimmer sah es in Padrauken aus, denn es war kein Napoleon zu finden. Die Feldherren MacMahon und Bazaine waren gerade noch aufzutreiben, aber wer will schon als Napoleon das Knie beugen vor dem schweigsamen Stellmacher aus Kalischken? Es half nichts, die Padrauker schrieben eine Belohnung von drei Talern aus. Daraufhin fand sich ein langer, häßlicher Mensch, des Schreibens unkundig, aber mit guter Singstimme: das war Nachtwächter Szusgin.

So, nun kann es losgehen. Die Kinder bekamen schulfrei. Die Weiber standen vor den Häusern, sahen den Stolz von Kalischken ins Feld ziehen. Pfarrer Toballa hielt einen Feldgottesdienst, erst bei den Franzosen, dann vor seinen Preußen. Danach wälzten sich die Heere auf das Stoppelfeld. Ein Trompeter zu Pferde den Preußen voraus. Die Rosse stampften. Das Erdreich bebte. Kinder holt die Gänse rein, die Preußen kommen!

Seht ihr drüben unter den geköpften Weiden den bösen Napoleon? Die Padrauker hatten ihn auf einen Schimmel gesetzt, damit jedermann den Erzfeind zu erkennen vermochte.

Nun bimmelten die Kirchenglocken. Der Trompeter ritt vor die preußischen Linien, nahm zur Stärkung einen Zug aus der vollen Flasche und blies laut und drohend zum Feind hinüber, der sich unter den Haferstoppeln eingegraben hatte. Die Kanonen feuerten Böllerschüsse, die Infanterie rückte vor, ein verspäteter Adebar, der auf dem Acker seine Mittagsmahlzeit suchte, verließ fluchtartig das Schlachtfeld. Igel rollten sich ein, Feldmäuse tauchten tief in ihre Löcher. Die ganze Kreatur nahm Reißaus, als die Infanterie von Kalischken auf Sedan zumarschierte. Und der Rauch der Böllerschüsse zog über die Felder wie beim Abbrennen der Kartoffelfeuer.

Auf dem Feldherrnhügel gab sich der schweigsame Stellmacher alle Mühe, Würde zu bewahren. Er kaute einen Pfriem nach dem anderen und spuckte die schwarze Soße auf die fruchtbare Erde Kalischkens. Nur Bismarck hielt es nicht aus auf dem Königshügel. Der sprengte kreuz und quer hinter den preußischen Linien herum, schnitt mit dem Säbel dicke Scheiben aus der raucherfüllten Luft und schrie, als ginge es um Leben und Tod. Die Franzosen wankten nicht, bis die Kavallerie aus den Roßgärten von Kalischken preschte und ihnen den Rücken kitzelte. Da waren sie umzingelt, knallten noch ehrenhalber ein halbes Stundchen Platzpatronen in die Luft, bis jeder Widerstand sinnlos wurde . . . Ein Parlamentär mit weißem Bettlaken am Forkenstiel ritt auf den Königshügel zu. Ihm folgte der traurige Nachtwächter Szusgin auf seinem Schimmel. Krugwirt Podreit empfing die beiden am Fuße des Hügels und schnauzte den Napoleon tüchtig an.

«Du sollst dich was schämen, gegen die guten Menschen von Kalischken Krieg zu führen!»

Er riß dem Kaiser die Zügel aus der Hand und führte den Schimmel vor den schweigsamen Stellmacher, der in majestätischer Haltung väterlich über das Schlachtfeld blickte.

Es hilft nichts, Napoleon, du mußt vom Pferd herunter! Weil du einen Kopf größer bist als der preußische König, ihn überragst, was sich nicht schickt für einen Besiegten. Und ein paar Tränen sind auch zu vergießen. Na, wenn es denn sein muß. Nachtwächter Szusgin fuhr mit dem Daumen über die Zunge, nahm ein wenig Speichel auf und wischte damit die Augen aus. Darauf blickte König Wilhelm mild und gütig in die Runde und befahl die Heimkehr der tapferen Heere.

Einzug der Armeen in Kalischken mit Musik. Auf dem Dorfanger gemeinsamer Schlußgesang: Nun danket alle Gott. Danach vermengten sich Preußen und Franzosen vor den Verkaufsbuden, sahen einem Bären zu, der nach der Fidel tanzte, versuchten, auf einem Esel zu reiten, der am Sedanstag aus der Stadt nach Kalischken gekommen war. Am Abend brannte hinter dem Poggenteich ein bengalisches Feuer, das sich rot im Wasser spiegelte. Und im Krug des Eisernen Kanzlers gab es Schrumm und Tanzvergnügen.

So ging es Jahr um Jahr. Die Sedanschlacht von Kalischken wurde eine Sehenswürdigkeit, um nicht zu sagen ein nationales Ereignis.

Sogar aus Königsberg kamen die Patrioten, um auf den Feldern zwischen Kalischken und Padrauken Pulver zu riechen. Und noch bis auf den heutigen Tag wäre Nachtwächter Szusgin als trauriger Napoleon über das Schlachtfeld geritten, wäre nicht das Unglücksjahr 1888 hereingebrochen. In jenem Jahr, in dem das arme Deutschland von drei Kaisern regiert werden mußte, brannte Krugwirt Podreit die patriotische Gesinnung durch. Als Napoleon gefangen zum Preußenkönig gebracht werden sollte, konnte Bismarck nicht an sich halten. Er riß den welschen Kaiser aus dem Sattel, wälzte sich über ihn und begann, ihn mit einer Zaunlatte zu traktieren. Dazu brüllte er: «Fest steht die Wacht am Rhein!» Diese Verletzung der Spielregeln traf die französischen Feldherren in ihrer Ehre. Sie krempelten die Ärmel hoch und rissen den Bismarck von ihrem Kaiser. Als dabei auch ein Tritt ins Hinterteil des stürmischen Krugwirts abfiel, fühlten sich König Wilhelm und Moltke zum Einschreiten verpflichtet. Bald wälzten sich die Herrscher Frankreichs und Deutschlands zwischen den Haferstoppeln, und die Armeen brüllten Hurra zu dieser unerwarteten Wendung der Schlacht.

Es ging nicht ohne Nasenbluten ab. Und ein paar Burschen blieben auch zurück. Nachtwächter Szusgin hatte einen gebrochenen Daumen und einen ausgekugelten Arm vorzuweisen. Schlimm genug, um in die Stadt zu fahren und Anzeige wegen Nichteinhaltung der Spielregeln und Körperverletzung zu erstatten.

Wie jedermann bemerkt hat, verläßt die Sedanschlacht von Kalischken an dieser Stelle das geschichtliche Vorbild. Es kam, um Martini herum, zu einem Prozeß Napoleons gegen Bismarck und Konsorten wegen Demütigung und Gewaltanwendung in der Schlacht bei Sedan. Kläger, Zeugen und Angeklagte zogen uniformiert in den Gerichtssaal, saßen bockig auf ihren Plätzen, sprachen nur in dritter Person miteinander und ohne sich anzublicken.

Besteht denn keine Aussicht, Preußen und Franzosen zu versöhnen? Nein, da war nuscht zu machen!

«Mit König Wilhelm und Moltke könnte ich mich wohl vertragen», sagte Nachtwächter Szusgin, «aber der Bismarck hat zu kräftig dreingeschlagen.»

Ob zehn Taler Strafe genügen?

Als Denkzettel wären zwanzig besser, Herr Richter. Und ein paar Taler Schmerzensgeld für den armen Nachtwächter müssen auch abfallen.

Die Geldstrafe, die Krugwirt Podreit zu zahlen hatte, war das geringste Übel. Schwerer wog, daß es keine Sedanschlacht mehr geben sollte. Denn niemand war bereit, die gefährliche Rolle des französischen Kaisers zu übernehmen. So faßte der Kriegerverein von Kalischken einen Beschluß, der in die Spielregeln der Sedanschlacht einging: «Die nach der Gefangennahme des Napolium stattfindende öffentliche Bestrafung desselben fällt unter allen Umständen weg.»

«Na gut, dann spiel ich wieder mit», sagte Szusgin, als er von diesem Beschluß hörte.

Aber nun machte in Padrauken ein Mensch von sich reden, der ein paar Jahre in einem Advokatenbüro in Insterburg schreiben und sprechen gelernt hatte. Der kam mit einer Padrauker Abordnung vor den Krug von Kalischken geritten, tat den Mund auf und sprach also: «Viele Jahre haben die Padrauker die umzingelten Franzosen gespielt. Es wird höchste Zeit, daß Padrauken auch einmal die Sedanschlacht gewinnt.»

Aber hört mal, ihr könnt doch nicht die Geschichte auf den Kopf stellen! Was soll aus Deutschland werden, wenn die Franzosen bei Sedan gewinnen?

«Davon kann keine Rede sein», sprach der wortgewandte Mensch. «Wir werden die Rollen tauschen. In den ungeraden Jahren kommen die Franzosen aus Kalischken, in den geraden Jahren aus Padrauken.»

Ja, so soll es sein, beschloß der Kriegerverein. Und damit war die Sedanschlacht gerettet.

Es kam das erste Jahr, in dem Kalischken bei Sedan verlieren sollte. Krugwirt Podreit saß als Napoleon auf einem nassen Strohhaufen hinter den französischen Linien, kaute unmäßig Tabak und schien sich mit seinem Geschick abgefunden zu haben. Als die feindliche Infanterie näherrückte, schwang er sich, wie es ausgemacht war, auf den Schimmel und sah dem Unheil zu, das sich heranwälzte. Der Gedanke, sich von Nachtwächter Szusgin, der drüben den Bismarck spielte, gefangennehmen zu lassen, wühlte ihn mächtig auf. Nein, so leicht war Krugwirt Podreit nicht zu besiegen. Und je näher die Preußen an den geduldig ausharrenden Schimmel herankamen, desto heißer wurde Podreits Kopf. Er begann zu schreien, wurde lauter als in allen bisherigen Sedanschlachten, sprengte in die vordersten Linien, gab keinen Pardon. Auch als die Kavallerie, geführt von Nachtwächter Szusgin, über die Franzosen herfiel, gab der tapfere Kaiser nicht auf. Von einem Parlamentär mit weißer Fahne war nuscht zu sehen. Der Kampf wogte schon weit über die Zeit; in Kalischken brannte das Mittagessen an, weil Napoleon nicht verlieren wollte. Der ließ sich sogar von seinem Adjutanten eine Jagdflinte geben und ballerte vom Schimmel herab auf die angreifenden Preußen. Mit Erfolg. Der heranstürmende Szusgin flog mit schauerlichem Aufschrei vom Pferd. Lag da röchelnd auf dem Acker von Kalischken, blutete in die schwarze Erde hinein. Es mußte sich eine scharfe Kugel unter die Platzpatronen der Sedanschlacht gemengt haben. Und diese Kugel, von Krugwirt Podreit abgefeuert, hatte den Nachtwächter Szusgin niedergestreckt.

An diesem Tag gab es keine Kapitulation von Sedan, keinen Napoleon mit Tränen in den Augen. Nur ein Pferdefuhrwerk rumpelte die Pflasterstraße entlang, bog auf das Schlachtfeld, um den verwundeten Szusgin aufzunehmen. Sie legten ihn auf Strohballen. Dann fuhren sie mit dem Tod um die Wette bis ins Krankenhaus von Goldap. Bequem waren solche Fahrten auf den sandigen Wegen nicht; auch dauerten sie mehrere Stunden, so daß der Verwundete es vorzog, unterwegs den Heldentod zu sterben.

Ein unbeschreibliches Unglück! Die Polizei zu Besuch in Kalischken. Ging von Haus zu Haus und suchte den Mörder. Und die Witwe, die arme Frau des Nachtwächters Szusgin, rannte heulend von Staketenzaun zu Staketenzaun, um zu erzählen, daß die Sedanschlacht ihr den Vater zweier halbwüchsiger Jungen genommen habe. Wie soll das ausgehen? Paßt auf, ihr Männer von Kalischken! Schon treibt sich jener angelernte Advokat in Padrauken herum, läßt jeden wissen, er werde der armen Witwe zu ihrem Recht verhelfen.

Und richtig! Da bekam der Kriegerverein von Kalischken ein Briefchen, aufgesetzt von jenem windigen Menschen. Eine lebenslange Rente von zwölf Talern im Monat wäre wohl angemessen, schrieb er. Denn man muß bedenken, was der armen Witwe zugefügt worden ist. Vor allem der Ernährer ist es, der ihr fehlt. Wer soll das Brot für die halbwüchsigen Kinder heranschaffen?

Nun richtet der liebe Gott auch das größte Unglück meistens so ein, daß ein Schlupfwinkelchen übrigbleibt. Der Kriegerverein von Kalischken tagte eine ganze Nacht lang, schloß sogar die Öffentlichkeit aus, weil Dinge von sittlichem Gewicht zu behandeln waren. Wieder und wieder wurde der Brief verlesen, bis der schweigsame Stellmacher aufsprang und mit der Faust auf den Tisch schlug.

«Es hilft nuscht», sagte er und blickte Krugwirt Podreit an, der wie der Schächer zur Rechten neben ihm hockte. «Es hilft nuscht, du mußt dich opfern! Wenn du es nicht aus der Welt bringst, schmettern die uns ins Kreisblatt rein. Mit Fingern werden sie auf Kalischken zeigen!»

Der Schächer zur Rechten hob kurz den Kopf, nickte zustimmend und sank wieder zusammen. Er war mit allem einverstanden, sofern es nur gut ausging für Kalischken.

Am nächsten Tag zogen drei feierlich gekleidete Menschen nach Padrauken; der Anführer trug sogar einen Zylinder. Sie klopften an die Tür der armen Witwe, und als geöffnet wurde, sprach der Anführer:

«Da das Unglück der Sedanschlacht nicht ungeschehen zu machen ist, will der Kriegerverein von Kalischken wenigstens den Hinterbliebenen nach Kräften helfen. Damit sie wohlversorgt bleiben, ist beschlossen worden, Krugwirt Podreit zu verheiraten.»

Die Witwe horchte auf. Huckte sich vor Schreck erst einmal hin. Aber als die Überraschung verflogen war, fing sie an, sich zu zieren. Nein, sie wußte nicht recht. Was würde ihr Mann dazu sagen, wenn der vom Himmel zuschaute? War es recht, jenen Menschen zu heiraten, dessen wilde Schießerei das Unglück angerichtet hatte? Und außerdem: noch ist das Trauerjahr nicht um! Na, darüber läßt sich reden. Die Größe des Unglücks verlangt nach Ausnahmen, das sah jeder ein. Aber halsstarrig bestand die Witwe auf dem Trauerjahr. Wenigstens das war sie ihrem Mann schuldig.

So kam es, daß die Hochzeit erst am Sedanstag des nächsten Jahres gefeiert werden konnte. Die Kriegervereine von Kalischken und Padrauken standen Spalier, marschierten auf besonderen Wunsch der Braut zum Friedhof und ballerten Ehrensalut über das Grab des Nachtwächters Szusgin.

Pfarrer Toballa sprach von Versöhnung. Er meinte, auch hier habe der liebe Gott seine Hand im Spiele gehabt. Aber während seiner langen Predigt traten ihm doch einmal die Schweißperlen auf die Stirn, als er sich ausmalte, welch ein schreckliches Ende die Geschichte genommen hätte, wäre Krugwirt Podreit schon verheiratet gewesen.

Wie Kinder nach Kalischken kommen

Nein, die Geschichte vom Adebar glaubte kein Mensch mehr. Wohl gab es Klapperstörche in ausreichender Zahl, aber die Brüder trugen immer nur Poggen zu ihren Nestern auf die Scheunendächer. Und stell dir mal vor, wie es ist, von so einem Poggenschlucker auf die Welt gebracht zu werden! Der trägt, wie jeder sehen kann, erst die häßlichen, zappelnden Frösche in der Luft spazieren und anschließend die zarten Kinderchen. Wäscht sich womöglich nicht mal den Schnabel.

An so etwas denkt der Mensch, wenn er sieben Jahre alt ist, in der Nachmittagssonne auf dem Anger liegt und die Gänse hütet. Ein paar Schritte entfernt saß Oma Waschkuhn und schaukelte mit dem Fuß die Wiege, in der das kleine Jettke lag. Wenn es überhaupt jemanden gab, der einen Storch mit einem Kind hat fliegen sehen, dann war es Oma Waschkuhn.

«Aber gewiß doch, mein Anneke», sagte die alte Frau. «Als das Jettke geboren wurde, kam ein Storch, ein ziemlich dicker, kräftiger Storch, und schmiß den Pungel in den Schornstein.»

«O Gott, da bricht sich das Kind doch den Hals, Oma!»

«Na, er hat vorher ein Sofakissen reingeworfen.»

Wirklich, so ein Storch denkt an alles.

Aber wo holen die Störche die Kinder her? Wenn du dir das Jettke ansiehst, das hat ein schönes Gewicht. So etwas liegt nicht überall herum wie Pferdeäpfel.

«Du sollst doch die Gänse hüten, damit sie nicht über die Wäsche laufen, Klein-Anneke», mahnte die Oma.

Im Teich gibt es auch nichts, was dem kleinen Jettke ähnlich sieht. Am ehesten noch die Kaulquappen. Stell dir mal so eine richtig ausgewachsene Kaulquappe vor . . . Nur sind die Biester schwarz, und schwarze Kinder werden in Kalischken nicht geboren. Sie kommen zartrosa und frisch gewaschen auf die Welt; erst später, wenn sie im Morast wühlen und unter der masurischen Sonne herumlaufen, dunkeln sie nach.

«Der Klapperstorch kann ziemlich ärgerlich werden, wenn du ihm nachspionierst», meinte Oma Waschkuhn sanft.

«Holt er das Jettke wieder ab?»

«Das gerade nicht, aber er haut dir eins mit dem Klapperschnabel.»

Da ist es besser, bei den Gänsen zu bleiben, Klein-Anneke. Sie von der Bleichwäsche fernzuhalten. Und laß sie nicht so dicht neben der Wiege schnattern, sonst wacht das Jettke auf! Sammle lieber Gänsefedern auf dem Anger, dann kommst du auf andere Gedanken! Oder Blumen pflücken, das hilft auch.

Nein, aus dem Poggenteich kommen keine Kinder! Auch auf den Feldern und Wiesen findest du keine Wasserlöcher, von denen Kinder abzuholen sind. Vielleicht liegt der Tümpel weiter weg, hinter dem Wald im Moor, wo die Welt zu Ende ist und der Wassermann dicke Blubberblasen in das trübe Moorwasser bläst. Aber im November frieren alle Teiche zu. Vier Monate lang liegen sie unter dem Eis verborgen. Und Störche gibt es im Winter auch nicht, Oma Waschkuhn! Es muß etwas sein, das immer geht. Im Winter und im Sommer, zur Tages- oder Nachtzeit, sogar am heiligen Sonntag und an den großen christlichen Feiertagen.

«Bevor die Störche im Herbst verreisen, holen sie Kinder auf Vorrat und bringen sie dem Weihnachtsmann; der verteilt sie im Winter», wußte die alte Frau zu berichten. Aber wer hat schon einen Weihnachtsmann im Februar gesehen? Nein, Oma Waschkuhn, du weißt in diesen Dingen auch nicht Bescheid!

«Ach Gott, nun sind die Gänse doch über die Laken gelaufen! Das kommt von deinen dummen Fragen.»

Was bleibt denn noch übrig? Der Briefträger kann es nicht sein, weil der nicht am Sonntag und zur Nachtzeit kommt. Vielleicht der Schmandschmecker, jener fremde Mensch, der alle drei Wochen den Fettgehalt der Milch prüft? Oder die schwarze Frau, die mit dem Fahrrad aus der Stadt anreist, wenn die Mutter krank ist. Die große Taschen mitbringt, in denen sie mühelos mehrere Laibe Brot, auch Rauchwürste und Weckgläser verstecken kann. In solchen Taschen ist auch Platz für ein kleines Kind, zur Not sogar für Zwillinge. Und die schwarze Frau findet auch im Februar den Weg, wenn Klapperstorch und Weihnachtsmann weit entfernt sind. Ja, es wird die schwarze Frau sein, die die Kinder nach Kalischken bringt. Einfach so in der Tasche. Kannst sie in der Stadt bestellen. Oder der Bauer bringt sie mit, wenn er zum Markt fährt.

Oma Waschkuhn legte das Strickzeug aus der Hand. Ihr Fuß hörte auf, die Wiege zu schaukeln.

«Wenn du es genau wissen willst, Klein-Anneke: die Kinder kommen vom lieben Gott!»

Sie schaute hinauf zu den weißen Wolken, die ein großes Loch über Kalischken freigelassen hatten, wo der liebe Gott von oben auf den Gänseanger blickte.

Ja, dagegen ist nuscht zu sagen. So wird es wohl sein. Alles Gottes Kinder. In Kalischken jedenfalls.

Der wilde Ritter

Das ist eine wahre Geschichte, die man glauben kann oder nicht. Sie hat sich zugetragen, na sagen wir mal eine Stunde Fußweg vor der polnischen Grenze. Vorzustellen hat man sich die langen ostpreußischen Winterabende. Für die war das Fernsehen noch nicht erfunden, auch kein Volksempfänger dudelte seine Liedchen in die gute Stube. Dafür rumorte der Wind im Schornstein und rüttelte an den Fensterläden.

Gott sei Dank, die Frauen waren noch einigermaßen zu beschäftigen. Sie durften den Spinnwocken schnurren lassen, stricken oder stopfen. Aber wohin mit den Männern? Wenn abends um halb sieben die Kühe gefüttert waren, wußten sie nichts mehr anzufangen, legten die Stiefel auf die Ofenbank, rauchten Pfeife um Pfeife, spuckten auch mal vor die Tür, sahen nach dem Wetter und den Gestirnen. Dammelten herum, bis das Petroleum zur Neige ging und die Kinder unter den Gänsedaunen schliefen.

An solchen Abenden hat die Versuchung leichtes Spiel. Sie erwischte Emil Schonski aus Kalischken nach der Abendmahlzeit – so gegen halb acht – und redete ihm ein, er müsse noch einmal nach den Pferden sehen. Vom Stall aus ging Bauer Schonski über den Acker, wanderte in einer weitgezogenen Kehre auf das Dorf zu und kam, wie der Zufall es so einrichtet, am Krug vorbei, dessen Fenster einladend leuchteten.

Gegen solche Umwege ist nichts zu sagen, wenn sie nicht zu häufig vorkommen. Am Anfang verlor Erna Schonski kein Wort darüber. Aber nach einer Woche wurde sie böse, verriegelte ihre Schlafstube und warf das Bettzeug des betrunkenen Kerls in die kalte Knechtskammer. Dort kannst du deinen Rausch ausschlafen, Emil Schonski.

Die ostpreußischen Winterabende haben es an sich, daß sie immer dunkler und länger werden. Das Mondche geht schon um halb fünf auf und leuchtet den Trampelpfad zum Krug aus. Und da steht er, der Krug, der einzige Lichtblick in der kalten Düsternis, Mond und Sterne nicht gerechnet. Steht da und lockt die Menschen an, führt sie in Versuchung. Doch richtig schlimm wurde es erst, als die zwölf Nächte begannen, der wilde Ritter in den Lüften brauste und Bauer Schonski nicht aufhörte, mit ihm um die Wette zu brüllen.

«Paß auf, dir wird ein Unglück zustoßen!» sagte die Frau. Denn in den zwölf Nächten darfst du keine Wäsche raushängen, sonst stirbt einer. Kein Silber putzen, keine bösen Worte in den Mund nehmen, denn darüber könnte der wilde Ritter erschrecken. Auch ist es nicht erlaubt, in dieser gefährlichen Zeit laut singend über den Schneeakker zu ziehen. Sogar harmlose Liedchen passen dem wilden Ritter nicht. Selbst das alte Soldatenlied vom Argonnerwald, das Emil Schonski vorzugweise sang und das dem wilden Ritter eigentlich gefallen mußte, ärgerte ihn. Der will in den Zwölften allein brausen. Und deshalb wird es ein Unglück geben, paß auf, Emil Schonski!

Es hätte trotz allem gut ausgehen können – der Ritter drückt auch mal ein Auge zu –, aber Bauer Schonski schonte nicht einmal die Toten. Er hatte es sich zur Gewohnheit gemacht, den Weg vom Krug nach Hause abzukürzen. Nacht für Nacht wanderte er über den Friedhof von Kalischken. Kein vernünftiger Mensch wagte sich während der Dunkelheit auf den Friedhof, so war das jedenfalls in diesem Teil der Welt. Aber der Fusel machte Emil Schonski stark. Er scherte sich den Teufel um Spuk und Geister, pfiff dem wilden Ritter eins, konnte außer dem milden Glitzern des Mondlichtes nichts Gespensterhaftes entdecken, fand im Rascheln der vertrockneten Kränze nichts Unheimliches, scheuchte Krähen und Eulen aus dem Gebüsch und fluchte recht von Herzen, als er über eine Grabeinfassung stolperte und sich der Länge nach auf den Grabhügel des Heinrich Kronenberg, gestorben am Neujahrstag 1908, legte. Ruhe sanft!

«Der Schonski läßt die Toten nicht schlafen», sagten die alten Weiber von Kalischken.

Wie soll das ausgehen? Der Pfarrer wird kommen, um dich mit Weihwasser zu besprenkseln, Emil Schonski. Oder es wird ein Unglück geben.

Da meldete sich eine Frau aus Grigaulen, na so eine, die das

Unglück aus der dicken Milch sieht – Kaffeesatz war dafür zu schade –, die Hühnerdreck gegen Haarausfall sammelt – aber nur von weißen Hühnern –, die die Schweinepest und die roten Flecken am Bauch bespricht, die Mittelchen besitzt für die Fruchtbarkeit von Kühen, Schweinen, wenn es nötig ist auch für Menschen, die mit dem wilden Ritter im Bunde steht und ihren Tuntel über ein geheimnisvolles Suppchen ohne Salz hängt – um Gottes willen, mit Salz ist der ganze Zauber hin! –, die dicke Geschwüre mit Jesuwundenkraut heilt und an den Fettaugen der Wurstbrühe erkennt, ob es ein trockenes oder nasses Jahr geben wird. Diese Frau also kam unaufgefordert zu Erna Schonski und brachte ein Rezept mit, das helfen sollte. Nicht gegen das Schnapstrinken – da ist kein Kraut für gewachsen –, aber gegen die Belästigung der Toten und das laute Singen in den zwölf Nächten, ein Singen, das das Unheil anzieht.

«Du mußt den Teufel mit Beelzebub austreiben», sprach die Frau aus Grigaulen und ließ sich dafür drei Pfund Speck und geräucherte Rippchen einpacken. Beelzebub, das hatte eine Gestalt zu sein, die hinter der Friedhofsmauer steht, ein weißes Laken über den Ohren, die vorzuspringen hat, wenn Emil Schonski zwischen den Gräbern Argonnerwald singt.

«Erschrecken muß er sich wie noch nie in seinem Leben. Das allein wird helfen. Und eine mondhelle Nacht muß es sein», sagte die weise Frau.

Kein anderer kam für die Rolle des Beelzebub in Frage als Erna Schonski.

Am liebsten hätte sie alles rückgängig gemacht. Sie bot zwei Pfund Speck extra, wenn die Frau aus Grigaulen das Gespenst an der Friedhofsmauer spielen wollte. Aber das ging nicht. Das Mittel wirkt nur, wenn Teufel und Beelzebub mit einem Ehering verbunden sind, was gelegentlich vorkommen soll.

«Und kein fremdes Wesen darf in der Nähe sein!»

O du stille, kalte Nacht! Da stehst du rum am Friedhof. Angstschlotternd. Weißt auch nicht genau, wann der Kerl kommt. Und das Mondche scheint so hell und klar. Und über den funkelnden Schnee springen die Hasen. Und jenseits der Grenze hörst du die Wölfe heulen.

Als Vorbeugung gegen die Kälte hatte Erna Schonski ein Schlubberchen aus der verhaßten Flasche getrunken. Hatte die Flasche auch vorsichtshalber mitgenommen, denn kein Mensch weiß, wie lange solche Nächte dauern. In Kalischken schlägt keine Kirchturmuhr. Da geht auch kein Nachtwächter herum und singt sich eins. Wenn du Glück hast, heult um Mitternacht Schonskis Hofhund. Die Geisterstunde fängt an, wenn der Krugwirt die Tür abschließt und die letzten Geister auf den Heimweg schickt.

Du hubberst herum an der Friedhofsmauer und wartest auf deinen Auftritt. Der Pegel in der Flasche sinkt und sinkt. Die Wärme kommt von innen, die Angst entflieht, ach meilenweit entfernt treibt sie sich herum. Die Weiden am Friedhofsweg bekommen mitten im Winter grüne Knospen, und das Sonnche scheint lieblich über die Kreuze derer, die in Kalischken verblichen sind.

Fängst an zu zweifeln. Denkst, du hast ihn schon verfehlt. Läßt die letzten Tropfen aus der Flasche in den Schnee lecken, wirfst die leere Buddel im hohen Bogen über die Mauer. Mein Gott, doch nicht auf die Gräber! Das geht nun wieder auf Emil Schonskis Konto.

Endlich erscheint er. Du weißt nicht, ob ein Wolf heult oder Emil Schonski singt. Am Text erkennst du ihn. Diesmal singt er nicht Argonnerwald, sondern den alten Joachim Hans von Ziethen.

Na warte, Ziethen kommt gleich aus dem Busch!

Schämt sich nicht, am Friedhofstor das Wasser abzuschlagen. Läßt eine Dampfwolke in die klare Winternacht steigen. Geht auf die erste Gräberreihe zu. Findet die leere Schnapsflasche auf dem Grabhügel des Heinrich Kronenberg, gestorben am Neujahrstag 1908.

«Sieh mal einer an», brummt Emil Schonski und schnüffelt am Flaschenhals.

Da naht von hinten der verhängnisvolle Schatten, breitet die Flochten aus, verdunkelt den ganzen Friedhof, dieser Schatten. Schwebt der nun über den Gräbern oder geht er wie ein vernünftiger Mensch spazieren? Drei Meter vor Emil Schonski bleibt der Schatten stehen, hängt sich über ein Eisenkreuz, macht aus dem heiligen Kreuz eine Vogelscheuche.

Aha, denkt Emil Schonski, der will die Flasche!

Bereitwillig reicht er dem Gespenst die leere Buddel, aber unwillig schüttelt der Geist seinen Kopf.

«Wer bist du?» fragt Emil Schonski über die Gräber hinweg.

Nun muß es endlich raus, nun helft ihr guten Geister!

«Der Teufel», kommt es unter dem weißen Laken hervor. Emil

Schonski stutzt, steht nun doch ein bißchen verdattert auf dem Friedhof von Kalischken. Starrt die Flasche in seiner Hand an, die der Gewaltige verschmäht hat. Sonderbar, was mag der wollen? Was kümmert sich der Teufel um den Bauern Schonski aus Kalischken? Er versucht, seinem Kopf einen vernünftigen Gedanken zu entlocken. Denn du mußt dich gut stellen mit dem Bösen, denkt er. Mußt ihn versöhnlich stimmen. Da fällt ihm seine Frau ein, und schon hat er ihn, den guten Gedanken. Er tritt einen Schritt näher und streckt dem Teufel die Hand entgegen.

«Schlag ein, Schwager», sagt Emil Schonski. «Du gehörst zur Familie, denn ich habe deine Schwester geheiratet.»

Kaum hat der böse Geist das vernommen, entflieht er, rennt – na, man kann schon sagen fliegt – über die Gräber. Bleibt mit dem wallenden Gewand am Friedhofstor hängen. Knallt der Länge nach auf den Gottesweg. Es hilft nichts, Emil Schonski muß den Teufel auf die Beine stellen. Richtet ihn auf, hört, was kein Mensch je von einem Teufel gehört hat, hört ihn schluchzen und wimmern.

Der wird sich das gesunde Bein verstaucht haben, denkt Emil Schonski. Stützt ihn, trägt ihn fast ins Dorf. Humpelt mit ihm den Schneeackerweg heimwärts, kehrt sich einen Dreck um den wilden Ritter, der oben gerade den Mond zuhängt und in den Bäumen herumspukt. Schleppt den Gestrauchelten in seinen Stall, in dem die Kühe träge wiederkäuen und muffige, feuchte Wärme verbreiten. Dort wirft Emil Schonski den arg zugerichteten Teufel auf einen Heuhaufen. Setzt sich neben ihn. Will ihm mal richtig die Meinung sagen. Aber da überkommt ihn die Kuhstallwärme. Er kann nicht mehr. Er sinkt zusammen, kriecht unter das weiße Laken, wundert sich, wieviel Körperwärme so ein Teufel abgeben kann . . . dann schläft er ein.

Was der Knecht am nächsten Morgen im Kuhstall fand, hatte bis dahin kein Mensch in Kalischken gesehen. Auch jenseits der polnischen Grenze und in Litauen, wo die sonderbarsten Geschichten herkommen, besann sich niemand auf eine solche Begebenheit. Da lagen Bauer und Bäuerin auf einem Heuhaufen, lagen da wie einst Maria und Josef. In ein weißes Laken gewickelt. Emil Schonski die leere Flasche im Arm, die er auf den Gräbern von Kalischken gefunden hatte. Und kein wilder Ritter kümmerte sich um sie.

Das dreizehnte Ferkelchen

Es ist von einem Ferkel zu berichten, ungefähr zehn Wochen alt. Geboren im schönsten Frühling, vielleicht auch ein bißchen früher. Trug keinen Namen, das Ferkelchen, wird auch niemals einen bekommen, auch kein Denkmal oder sonst eine bleibende Erinnerung. Darum muß aufgeschrieben werden, was über das Ferkel zu sagen ist. Und über die Oma Buttgereit, die an einem Mittwochmorgen anspannte und auf den Markt in die Stadt fuhr. Ganz allein mit ihren siebzig Jahren, begleitet nur von einem heruntergekommenen Kater, den sie dazu abgerichtet hatte, ihr die Füße zu wärmen. Noch vor Sonnenaufgang saß sie auf dem Kutschbock, schlug eine Pferdedecke um die Beine, band das Kopftuch fester, fuchtelte heftig mit der Peitsche, konnte sogar knallen, die Oma. So ging es den Sommerweg entlang heraus aus Kalischken, dem Sonnchen entgegen.

Nun aber das Ferkel. Zwei Würfe hatte die Oma mitgenommen, dreizehn Ferkel an der Zahl. Quiekende, grunzende Tierchen hinten in der Kutz auf dem Wagen. Glichen eines dem anderen, und als die Oma am Morgen mit den rasselnden Milchwagen um die Wette fuhr, wußte noch niemand, welches Ferkelchen der Held dieses Markttages werden sollte.

Auf der langen Fahrt in die Stadt vertrieben sich die Menschen für gewöhnlich die Zeit mit Singen, jedenfalls wenn die Sonne schien. Und wer nicht sang, der konnte wenigstens pfeifen. Aber Oma Buttgereit sang nicht und pfiff nicht, saß steif auf dem Kutschbock, einen Korb mit Eiern zu ihrer Rechten und ein Fäßchen Butter neben der Ferkelkutz, schön zugedeckt, damit die aufgehende Sonne nicht gleich über die Butter herfällt.

So fuhr sie auf den Marktplatz, auf dem schon ein geordnetes Durcheinander herrschte, als die Oma ankam. Der Kater trabte gleich los in Richtung Fischweiber. Hähne krähten, wie Hähne so krähen, Ziegen meckerten und Schweine grunzten. Na und erst die Menschen! Markttag, da kommt jeder ein Stück aus sich heraus. Gibt seinem Inneren einen Stoß mit dem Forkenstiel, macht ein bißchen Spektakel für die einsame Seele. Ein paar Jungs schwänzten die Schule, um sich einen Dittchen zu verdienen. Sie halfen der Oma beim Ausspannen, führten die Pferde in den Stall des Kruges, hoben die Ferkelkutz vom Wagen, und wenn die Oma mal aufs Örtchen mußte, sprangen sie ein, um die Tiere auf dem Marktplatz zu hüten.

Den Vormittag können wir überschlagen. Das war ein Markttag wie immer. Wir brauchen uns nicht bei der stechenden Sonne aufzuhalten, die wie gewöhnlich über die Dächer der kleinen Stadt kletterte und alle Kraft einsetzte, die Butter der Oma Buttgereit zu verzehren. Auch nicht bei den Fliegen, die sich zwischen Kuhdreck, Pferdeäpfeln und in der Ferkelkutz wohlfühlten. Wir können auch die ersten Betrunkenen vergessen, die gegen zehn Uhr aus dem Krug kamen und zickzack über den Markt liefen. Nicht ärgern wollen wir uns über die Pferdehändler, die zu dritt die Ferkelkutz umstanden und die Oma fragten, ob die niedlichen Tiere auch wiehern könnten. Bis zwölf Uhr mittags machen wir Pause und trinken die Buttermilch aus, die die Oma zur Erfrischung mitgenommen hatte. Aber danach kam einer – die Kirchturmuhr hatte gerade gebimmelt – und kaufte, ohne viel zu handeln, der Oma die Ferkel ab . . . bis auf eines. Na, wie die Oma redete, er solle das eine auch mitnehmen. Wollte ihm das dreizehnte Ferkelchen sogar zum halben Preis lassen.

Aber da war nuscht zu machen. Der Mann stand vor der Ferkelkutz, dachte angestrengt nach, rechnete hin und her, bis der Kopf schmerzte. Nein, es geht nicht, beste Frau. Das dreizehnte Ferkelchen ist nicht zu gebrauchen.

Er füllte die gekauften Ferkel in Säcke, wie man Rüben einsackt, pro Sack vier Ferkel. Und dann auf die Schulter gehievt und zum Wagen getragen. Nun besaß dieser Mensch aber nur drei Ferkelsäkke. Und mehr als vier Ferkel in einen Sack kann man mit gutem Gewissen nicht schütten, weil die sich sonst die Luft abschnüren. Wer ein wenig vom Kopfrechnen versteht, wird schon längst herausgefunden haben, daß dieser Mensch beim besten Willen nur zwölf Ferkel kaufen konnte. Und daran läßt sich nichts ändern. Das dreizehnte Ferkel behielt die Oma.

Groß war das Unglück nicht. Aber nun huckst herum in der Mittagshitze mit einem einzigen Ferkel. Wie sehr sich die Oma auch anstrengte – sie nahm das Tier sogar auf den Arm und ging von Stand zu Stand –, das dreizehnte Ferkel wollte keiner haben. Was ist da zu machen?

Das Tier muß seine einsame Überflüssigkeit gespürt haben. Oder

der Lorbaß hat nachgeholfen, der auf den Wagen aufpaßte, während die Oma im Krug Schnittke mit Spirgel aß. Jedenfalls trabte das Ferkel auf dem Markt herum, als die Oma aus dem Krug kam. Scheuchte unverkaufte Gössel auf, ärgerte Enten und Hühner, kam auch dicht an abgestellten Eierkörben vorbei . . . Na, es wird doch nicht ins Rathaus laufen! Nein, vor der eisenbeschlagenen Tür machte es kehrt. Spazierte um den Wasserhydranten, suchte den Schatten der Lindenbäume auf und wollte sich gerade unter eine Bank legen, als die Oma angelaufen kam und die Hand nach dem Ringelschwanz ausstreckte. Da ist es besser abzuhauen, dachte das Tier und rannte in Richtung Kirche. Ein Schwein in der Kirche? Zum Glück verschnaufte es ein bißchen zwischen den rostenden Kreuzen des alten Friedhofs, und die Oma konnte ihm den Weg abschneiden. Vor dem Portal der Kirche standen sich beide gegenüber. Das Ferkel glotzte den roten Backsteinturm an, machte einen mächtigen Sprung zur Seite, zog einen weiten Bogen um das Gotteshaus und verschwand im hohen Ufergras eines Baches. Weg war es.

Erschöpft setzte sich die Oma auf die Steinstufen, wischte mit der Schürze den Schweiß aus dem Gesicht und faltete die Hände. Vielleicht wird ihr Ferkelchen nun als Wildschwein durch die Gegend rennen und eines Tages dem Jäger vor die Flinte kommen. An so etwas denkt der Mensch, wenn ihn die Stechfliegen umsummen und es heißer Mittag ist. Vielleicht besinnt sich das Ferkelchen aber auch und kommt reumütig zurück in den Verschlag der Oma Buttgereit.

Bis zum späten Nachmittag wartete die Oma, dann fuhr sie ohne das Ferkel nach Hause. Der Kater lag vollgefressen neben ihr auf dem Bock und schlief. Die Füchse fanden den Weg allein, während die Oma das Geld zählte. Sie wichen geschickt den Heufuhren aus, die auf der Straße entgegenkamen und jenen Duft verströmten, der die letzte Spur von Schweinegestank vertrieb. Die Linden an der Chaussee wollten bald blühen, und die Abendsonne schien der Oma auf die Nase. Ein Tag zum Zufriedensein, wäre nur nicht das dreizehnte Ferkelchen verschwunden.

Nicht ganz lustig und nicht ganz traurig, in dieser Stimmung kam die Oma nach Kalischken. Fuhr müde auf den Hof, hielt vor dem Stall . . . und da lief doch, es war nicht zu glauben, da lief das dreizehnte Ferkelchen spazieren. Spektakelte zwischen den Hühnern herum, durchwühlte den Misthaufen und freute sich, daß die

Oma wieder zu Hause war. Die alte Frau saß stumm auf dem Bock. Ein paar Tränen kleckerten auf die Schürze. Lieber Gott, es war ein richtiges Wunder!

Als die Oma sich von dem Wunder erholt hatte, rannte sie in die Küche und holte eine Kanne Glumsmilch, goß den Schweinetrog voll und sah zu, wie das Ferkelchen die Milch schlabberte, denn es war durstig von dem langen Weg nach Kalischken. Danach ging das Tier zufrieden in den Schweinestall, ließ sich ohne Widerstand einsperren und nahm Platz auf frischem, trockenem Stroh, das die Oma für das Ferkelchen ausgebreitet hatte.

Es wurde nicht verkauft, das dreizehnte Ferkelchen. Kam auch nicht in die Grützwurst oder in den Rauch. Und wenn die Kosaken es nicht gefressen hätten damals im großen Krieg vor der Winterschlacht in Masuren, es lebte heute noch, das dreizehnte Ferkelchen der Oma Buttgereit.

Die Einsegnung

Oculi da kommen sie, die Zugvögel nämlich. Lätare sollst du dich freuen. Aber Palmarum ist die Freude nicht mehr auszuhalten, dann gibt es Einsegnung in Kalischken.

Kennst du das vierte Gebot, Ella? Du wirst es aufsagen müssen vor der ganzen Gemeinde. Es muß das vierte sein, das wichtigste aller Gebote, denn es bezieht sich auf den irdischen Vater. Sag es her, Kind, damit es dir gut geht und du lange lebest auf Erden!

Wie blaß sie aussah in ihrem schwarzen Konfirmationskleid. Während Vater Dorbat den Schlips unter den gestärkten Hemdkragen würgte, stand das Kind, ein Gesangbuch in der Hand, zitternd auf der Schwelle. Einsegnung ist das größte, was ein junger Mensch in Kalischken erleben kann. Danach kommt nur noch die Hochzeit und der Tod. Zur Einsegnung wirst du herausgehoben aus den Patschlöchern und Kartoffeläckern, bist auf einmal ganz sauber, bekommst ein neues Kleid geschenkt, darfst in die Stadt, liegst in der Kirche auf den Knien, bis blaue Flecken sichtbar werden. Und währenddessen trägt der Südwestwind den Frühling nach Kalischken.

«Tut es weh, wenn der Pfarrer einsegnet?» fragte Ella.

«Nuscht tut weh», brummte Vater Dorbat.

So unberechtigt war die Frage nicht, denn Pfarrer Karausch, der aus jenem Winkel kam, in dem du Masuren, Litauen und Polen nicht mehr auseinanderhalten kannst, dieser Pfarrer Karausch verkündete das Evangelium gelegentlich recht handgreiflich. Der traf beim Segnen auch den Kopf, daß dicke Bruschen zurückblieben.

Also gehen wir. Die Oma paßt zu Hause auf die Kleinen auf, damit sie nicht die Betten aufschlitzen, während Pfarrer Karausch segnet. Sieben Kilometer bis in die Stadt. Zu Fuß mußt du dir den Segen abholen, denn Waldarbeiter Dorbat besaß keine Pferdchen, die er vor die Kutsche spannen konnte. Zum letztenmal die sieben Kilometer abgewandert. Zwei Jahre Konfirmandenunterricht in der Stadt. Bei jedem Wetter. Zweimal in der Woche. Vorbei an kläffenden Hunden und dem bösen Ganter, der Mädchenbeine so gern leiden mochte. Und immer das Glaubensbekenntnis aufgesagt, die ganze Chaussee entlang, denn der Katechismus ist wichtiger als das Lesebuch.

Um Palmarum ist noch mit Matschwetter zu rechnen. Da liegen Schneereste im Straßengraben, das Schmelzwasser versickert neben den Steinen, eine Zeit zum Schuhe-voll-Schöpfen. Vater und Mutter Dorbat nahmen Ella in die Mitte, die blasse, hubbernde Ella, die die sieben Kilometer mit neuen, hochhackigen Schuhen marschieren wollte, ihr Stolz und ihr Schmerz.

Bedeckter Himmel, aber kein Regen. So ist es oft um Palmarum. Würzige Märzenluft. Dir wird fast duselig im Kopf. Weidenkätzchen am Straßenrand, die ersten Lerchen, die letzten Krähen. Ziemlich still ringsum. Der Kirchturm ist schon seit einer halben Stunde zu sehen, will aber nicht näherkommen.

«Sag die zehn Gebote auf, Kind!» schlug Mutter Dorbat vor. «Dann vergeht die Zeit schneller.»

Ella dachte daran, daß in einer Woche Ostern sein wird. Und sie zum erstenmal ein erwachsener Mensch. Am Karfreitag zum Abendmahl, und am ersten Osterfeiertag die Eier für die Kleinen verstecken. Sich von grünen Osterruten schlagen lassen, wegen der Fruchtbarkeit . . . So wichtig wirst du, wenn du eingesegnet bist.

Vater Dorbat besorgte unterwegs einen Knüppel, um besser durch die Patschlöcher zu kommen. Auch wegen der wilden Hunde in der Vorstadt. Wenn so ein Biest dich anspringt . . . schade um den feierlichen Anzug. Aber nicht die Hunde hielten Vater Dorbat auf. Da stand doch früh am Sonntag Palmarum im Nachbardorf die Krugtür offen (so etwas sollte verboten werden, dachte die Frau im Vorübergehen), und scharfer Bierdunst zog über die Straße in die würzige Märzenluft.

«Geht weiter, ich komme nach», sagte Vater Dorbat.

Er nahm ein Kornche, fühlte gleich, wie der steife Hemdkragen nachgab; beim zweiten wurden die Füße warm. Beschwingt folgte er den Frauen und holte sie an der nächsten Wegbiegung ein. «Du sollst dich was schämen!» sagte Mutter Dorbat. «Wo das Kind heute Einsegnung hat.»

Sie hatten noch Zeit. Um halb zehn erreichten sie das Häusermeer der Stadt (Häusermeer ist sicher ein bißchen übertrieben, aber wenn du von Kalischken kommst, sieht das wahrhaftig so aus). Es war die Stunde, wo der Schusterkrug am Marktplatz seine Pforten öffnete. In Hemdsärmeln stand der dickbäuchige Wirt auf der Treppe, grüßte freundlich, schien sagen zu wollen: Nach dem langen Marsch hast du ein Schlubberche verdient, Vater Dorbat!

Recht hatte er. Und die Füße, die vom Schmelzwasser nassen Füße, wurden noch wärmer. Ach, es durchströmte Vater Dorbat so inniglich, wie es nur auf einer Einsegnung sein kann.

Jetzt mußt du dich beeilen. Die Glocken bimmeln schon. Von den Frauen ist nuscht zu sehen, die hucken andächtig zu Füßen von Pfarrer Karausch. Als Dorbat den Backsteinbau der Kirche erreichte, gaben die Glocken den letzten Laut. Bevor er eintrat, schneuzte er sich, wie man sich in Kalischken schneuzt (den Daumen aufs linke Nasenloch und durch das rechte kräftig gepustet). Da rauschten ihm die ersten Orgeltöne entgegen. Er sah seine Ella – das Kind fror ja immer noch – vor dem Altar sitzen, zusammen mit drei Dutzend Jungen und Mädchen, die auf den Segen warteten. Hinter dem Holzpfeiler seine Frau, die ein Plätzchen für ihn freigehalten hatte. Er zwängte sich durch, begann mitzusingen. Befiehl du deine Wege oder so ähnlich. Bis Pfarrer Karausch auf die Kanzel kam, sein Buch aufschlug und anfing:

«Ich will euch heute erzählen von Nuß. Nicht von Haselnuß, nicht von Walnuß, sondern vom heiligen Johannus.»

Aha.

Vater Dorbat druselte vor sich hin, schreckte erst auf, als er die Stimme seiner Ella hörte: «Du sollst Vater und Mutter ehren . . .»

Jawoll! Dorbat sprang auf. Stand als einziger vor der Gemeinde. Schlug mit der Faust auf seine Brust, gab zu erkennen, daß er der Vater dieses zarten Mädchens sei, blieb standhaft stehen, auch als die Frau mit aller Kraft an seinem Ärmel zog. Das war seine Stunde.

Da schlug Pfarrer Karausch mit der Faust auf die Kanzel, daß das Gebälk zitterte.

«*Tuut* macht der Dampfer, wenn er in den Hafen kommt! *Tuut* macht der Dampfer, wenn er den Hafen verläßt. Ich aber sage euch, *tut* Buße, ihr Sünder!»

Das war für Vater Dorbat bestimmt. Der Finger des Karausch zeigte drohend auf ihn, durchbohrte ihn fast. Da sank Dorbat in sich zusammen, druselte weiter, bis die Orgel ihn wachrüttelte. Als sie zum Schlußgesang ansetzten, als es durch die Kirche donnerte, daß dem Posaunenengel über dem Altar die Backen zitterten, da ergriff es auch Vater Dorbat. Er stand am Holzpfeiler, sah die Reihe der eingesegneten Konfirmanden vorbeiziehen und hörte sie Halleluja singen.

Von der Stadt nach Kalischken sind es wieder sieben Kilometer. Aber die haben es in sich. Und die Umwege nicht zu vergessen. Der erste schon am Schusterkrug. Der Segen muß begossen werden. Mutter Dorbat und die Eingesegnete blieben vor der Tür, lehnten jedes Getränk ab, obwohl der Wirt es spendieren wollte.

Und wieder hinaus in die frische Märzenluft. Die sorgt für klare Gedanken. Die pustet dich an, Vater Dorbat, daß der Schnaps aus den Nasenlöchern verdunstet.

Befiehl du deine Wege, sang er. Das war auch nötig bei dem aufgeweichten Untergrund, den vielen Schlammlöchern und dem sickernden Schmelzwasser.

«Du sollst nicht fromme Lieder singen, wenn du betrunken bist», schimpfte die Frau.

Er blieb stumm, bis er den Krug von Kalischken vor sich sah. Auch dort stand wieder, wie es der Zufall wollte, ein Mensch vor der Tür und lud ihn ein. Da darf man nicht nein sagen. Die beiden Frauen blieben auf der Straße, während zu Hause das Einsegnungsessen kalt wurde. Nein, sie konnten nicht ohne den Vater in Kalischken einziehen. Was sollten die Leute denken? Du sollst deinen Vater ehren und ihn nicht im Krug verkommen lassen! Also hinein, ihn von der Theke weggezogen, in die Mitte genommen, wo es schön warm ist. So, jetzt mit Anstand durch das Dorf marschiert.

Die Oma wartete mit dem Entenbraten. Hatte auch ein Geschenk für die Eingesegnete. Uralte, aber saubere Leinenhandtücher aus ihrer Jugendzeit. Nur zweimal benutzt. So etwas braucht ein eingesegnetes Mädchen. Für die Aussteuer und für die Einsegnung ihrer Kinder. Solche Tücher sind noch in hundert Jahren gut.

Die Kleinen saßen glatt gekämmt am Tisch, blickten auf zu der Eingesegneten, die als erstes zum Ofen rannte, Schuhe und Strümpfe auszog, um die nackten Füße zu wärmen.

«Habt ihr das Abendmahl genommen?» fragte die Oma.

«Vonwegen Abendmahl, betrunken ist er!» sagte Mutter Dorbat. Sie räumten Stühle, Schemel und Vorleger beiseite, die dem Vater auf dem Wege zu seinem Ehrenplatz ein Bein stellen konnten. Da saß er nun, während die eingesegnete Ella immer noch barfuß herumlief und die Ente in Stücke schnitt.

Vater Dorbat ließ das vierte Gebot aufsagen von allen, wie sie dasaßen. Bis auf den kleinen Rudi, der Gnubbel verstand da nichts von.

Und keiner fängt an, bevor der Vater die Gabel in die Hand genommen hat. Aber der dachte nicht daran. Ließ sich von seiner Eingesegneten erst ein Schnapschen einschenken und erzählte der Oma, wie der Pfarrer vom heiligen Johannus gesprochen hatte. Gut hat er gesprochen.

Da hielt es der kleine Rudi, der vom vierten Gebot keine Ahnung hatte, nicht mehr aus. Er griff nach einem Entenflügel. Und schon war die ganze Feierlichkeit hinüber. Die Kinder langten mit bloßen Händen in die Kartoffeln. Und der rote Schnittke tropfte wie Blut aus den Mundwinkeln auf das weiße Tischtuch.

«Kinderchen, Kinderchen, seid doch nicht so gierig!» mahnte die Oma.

Vater Dorbat bekam das größte Stück der Ente. Dafür sorgte die Eingesegnete. Zum Glück schaffte er den Braten nicht, weil er bei Tisch einschlief. So blieb auch für die Eingesegnete ein Stückchen übrig.

«Es wird schönes Wetter geben, weil wir alles aufgegessen haben», sagte die Oma. Sogar der eingemachte Kürbis, der im Sommer auf dem Komposthaufen gewachsen war, wurde restlos vertilgt. Den letzten Schluck Kürbissaft trank die Oma aus dem Weckglas.

Eine großartige Einsegnung. Und wartet nur ab, sie ist noch nicht zu Ende. Wenn die Nachbarn und Verwandten nachmittags zum

Fladenessen kommen, wird Vater Dorbat aufwachen. Und es beginnt alles von vorn.

Nur Ella, die Eingesegnete, wird gegen acht Uhr abends, wenn die andern feiern, aus dem Hause gehen. Wird allein den aufgeweichten Feldweg zum nächsten Dorf wandern. Denn Ella hat eine Stellung angenommen im Gut. Morgen schon. Und da mußt du früh aufstehen und frisch sein.

«Mach uns nur keine Schande», sagte die Mutter, als sie die Eingesegnete an der Haustür verabschiedete. «Fleißig sein und gehorchen, so kommt der Mensch mit Anstand durch das Leben. Und vergiß das vierte Gebot nicht, Kind!»

Die Naturgewalten von Kalischken

Es ist von einem Streit zu berichten, der ausgebrochen war zwischen dem Bauern Grigull und dem Finanzamt, ein Streit von solchen Ausmaßen, daß am Ende die unschuldige Kreatur darunter leiden mußte und die Naturgewalten von Kalischken und Umgebung Partei ergriffen. Das alles wegen lumpiger 95 Goldmark Erbschaftssteuer. Vor Jahren hatte der Bauer Grigull seiner Magd ein Kind besorgt, einen pungeligen Bengel, so einen richtigen Ratzke, der schon im Säuglingsalter die rote Nase seines Vaters trug. Bauer Grigull wußte, was sich gehörte. Er baute der Magd im Nachbardorf ein kleines Häuschen, überschrieb es auf den rotnasigen Bengel . . . und hatte das getan, was in Kalischken «seine Pflicht» genannt wurde.

Fünf Jahre später griffen die Naturgewalten zum erstenmal ein. Da versank der kleine Grigull, der in Wirklichkeit nach der Mutter Mischkat hieß, im kalten Moder des Dorfteiches, bekam anschließend Keuchhusten, vermengt mit einer starken Diphtherie, und schloß ein paar Tage vor Nikolaus für immer die Augen. Das Haus, das Bauer Grigull gebaut hatte, fiel an den edlen Spender zurück. So stand es im Vertrag. Bauer Grigull beerbte gewissermaßen seinen Sohn. Und darum die 95 Goldmark.

«Ja», sagte der Mensch vom Finanzamt, Karus mit Namen, und hob belehrend den Zeigefinger: «Wenn das nun dein gesetzliches

Kind gewesen wäre, Bauer Grigull, brauchtest du nuscht zu zahlen. Aber der Kleine hieß Mischkat und war nicht mit dir verwandt. Und das kostet 95 Goldmark. Das kommt davon, wenn man ungesetzliche Kinder macht.»

Was soll man dazu sagen? Es gab also gesetzliche und ungesetzliche Kinder, und der Unterschied ging dermaßen ins Geld!

Grigull grinste den Finanzbeamten Karus an. Er würde Zeugen bringen. Ganz Kalischken wußte Bescheid. Dieser Bengel war seinem Vater wie aus dem Gesicht geschnitten gewesen. Na und die Magd Mischkat! Wenn die aussagte, wer ihr den Lorbaß gemacht hatte? Sein Junge war gezeugt und auf die Welt gekommen, wie das in Kalischken üblich ist, ein ganz normales Kind. Nichts daran auszusetzen.

Im Mai, als die Saat kniehoch stand, schickte Karus die erste Mahnung. Es gab damals noch keine Formblätter, und Karus schrieb ganz natürlich, wie jemand schreibt, der Geld haben möchte. Schrieb, in Kalischken müsse man nun langsam daran denken, die 95 Goldmark in die Stadt zu schicken. Vielleicht kann der Milchwagen das Geld mitbringen. Oder am Markttag kommt einer vorbei.

Die Antwort setzte der Dorfschullehrer für Grigull auf. Ein langer Brief, in dem der gelehrte Mann in wohlgesetzten Worten nachwies, wie es mit diesem Kind zugegangen sei. Alles normal und natürlich . . . bis zum leider viel zu frühen Ende.

Darauf schwieg das Finanzamt, denn vor der Ernte gab es in Kalischken kein Geld. Deshalb ließ Karus dem Bauern Grigull Zeit. Aber im Spätsommer war die Geduld aufgebraucht. Er schrieb einen ärgerlichen Brief mit amtlichem Stempel und setzte eine Frist bis zum 10. September (alles rot unterstrichen). Auch war der Karus schon teurer geworden: 97 Goldmark und dreißig Pfennige verlangte er. Wenn du noch lange wartest, Grigull, kommt der auf hundert Mark!

Die Männer von Kalischken berieten über diesen Brief und beschlossen, auf die Unverschämtheit zu schweigen. So kam es, daß Karus bei schönem Wetter mit dem Fahrrad auf die Reise gehen mußte. In der umgehängten Tasche lagen ein Stapel Butterbrote und jener amtliche Vollstreckungsbefehl, der ihn ermächtigte, nun schon 99 Goldmark und zwei Dittchen von Bauer Grigull einzutreiben.

Ein lieblicher Tag. Die Natur wußte nichts von dem Unheil, das auf Kalischken zuradelte. Die Wege ließen Karus passieren, weder Dornen noch Kletten hefteten sich an seine Rockschöße; auch die Bienen summten geschäftig vor sich hin, ohne den einsamen Radfahrer auf den Feldwegen zu ärgern. Um die Mittagszeit kam Karus an, verzehrte im Straßengraben sein Butterbrot und radelte wohlgestärkt ins Dorf. Grigull saß gerade zu Tisch. Er lud den Finanzbeamten Karus zu Erbsensuppe mit Räucherspeck ein, aber der lehnte ab. Trank auch keinen Schnaps. Rauchte keine Zigarre. Nein, an den Kerl war nicht heranzukommen, der wußte, was sich für einen Beamten gehörte.

In feierlichem Ton machte Karus den Bauern mit dem Zweck seines Besuches bekannt, forderte ihn auf, ihm sämtliche Räumlichkeiten und Gegenstände von Wert zu zeigen. Doch in den Bauernstuben von Kalischken hatte es noch nie etwas zu pfänden gegeben. Oder etwa jene wurmstichige Standuhr, deren Läutwerk Karus soeben überprüfte? Er war sich nicht sicher, ob er das alte Stück pfänden durfte. Denn es gab in Kalischken keine Kirchturmuhr. Nähme er dem Grigull die Standuhr, wüßte der überhaupt nicht mehr, was die Zeit geschlagen hat. Nein, wer in Kalischken pfänden will, geht in die Ställe!

Da stand gleich am Eingang eine Kuh, trug den Namen Klara, war mehr weiß als schwarz, ein gesundes, wohlgenährtes Stück Vieh. Das wäre etwas für den Fiskus, dachte Karus und musterte das Tier von hinten und vorne. Nun ist eine Kuh nicht zu pfänden, indem du ihr einen Kuckuck auf die Backen klebst. Die wirft sich damit in den Dreck, verschandelt das amtliche Siegel, und du kannst sie nicht einmal belangen. Nein, Karus fertigte ein Brett an, auf dem geschrieben stand, daß die Kuh Klara für das Finanzamt gepfändet sei. Während Grigull schweigend dabeistand, nagelte Karus das Schild über das Tier an die Futterkrippe. Setzte ein Siegel darauf. Fertig war die Pfändung.

«Darf eine gepfändete Kuh gemolken werden?» fragte Grigull. «Natürlich! Und Futter muß sie auch haben. In vier Wochen wird sie abgeholt und auf dem Marktplatz der Stadt versteigert.»

So geht das also.

Es hätte Karus zu denken geben müssen, daß ihn auf dem Rückweg ein Gewitter überraschte. Es zog über den flachen Häusern von Kalischken auf, folgte dem Finanzbeamten beharrlich und erwischte ihn eine gute Viertelstunde vor der Stadt. Nicht nur, daß es ihn

So eine Pfand-Kuh . . .

gründlich durchnäßte und einen halben Liter Wasser in die Aktentasche mit den wichtigen Papieren schüttete. Es verwandelte auch den Weg in eine Schlammlandschaft. Karus zog Schuhe und Socken aus, krempelte die Hosen hoch und watete – ein Bild des Jammers! – bis zu der festen Pflasterstraße in der Vorstadt.

Niemand wußte Genaues zu sagen, doch hielt sich seit Jahren das Gerücht, in Kalischken könnten die Kühe lesen. Vereinzelte Fälle, gewiß, aber für ein Dorf wie Kalischken, in dem es genug Menschen gab, die ihren Namen mit drei Kreuzen schrieben, eine erstaunliche Leistung. Karus hatte sein Schild schräg an die Raufe im Kuhstall genagelt, gut erkennbar für das stumpfsinnige Tier, das ohne Unterlaß auf die Schrift glotzte, jede Nahrung verweigerte, nur ein bißchen Wasser schlürfte und den Stall mit beleidigtem Gebrüll erfüllte. Tags darauf spannte Grigull an und fuhr so zeitig in die Stadt, daß er zu Beginn der Sprechzeit im Finanzamt ankam. Er stellte Karus eine Kanne auf den Schreibtisch, hob den Deckel und forderte Karus auf, über den Rand zu blicken. Kuhmilch. Die Morgenmilch der gepfändeten Kuh, so an die viereinhalb Liter.

«Habt ihr in Kalischken alle den Verstand verloren?!» schrie Karus gereizt. «Natürlich könnt ihr die Milch behalten! Austrinken, weggießen, macht was ihr wollt!» Aber Grigull weigerte sich, staatliches Eigentum in Butter zu verarbeiten. Nein, diese Kanne bleibt im Finanzamt, denn schon in der Schrift steht, daß du dem Kaiser geben sollst, was des Kaisers ist. Da es aber ungerecht wäre, wenn das Finanzamt nur die guten Früchte des gepfändeten Tieres erntet, ohne an den Abfall zu denken, schleppte Grigull einen Korb mit an die sieben Pfund frischem Kuhfladen in das Büro des Finanzbeamten Karus. Es stank zum Himmel.

Karus sank hinter seinem Schreibtisch zusammen und schloß die Augen.

«Das ist nicht weiter schlimm», meinte Grigull begütigend. «Die Kuhscheiße wird von Tag zu Tag weniger. Seitdem die Kuh das dämliche Schild vor Augen hat, frißt sie nämlich nicht mehr. Noch ein paar Tage, dann kehrt sie die Beine nach oben.»

Karus nahm das mit der hungernden Kuh nicht ernst. Aber zwei Tage später erschien der Dorfschullehrer bei ihm und schilderte in bewegten Worten das bevorstehende Ende der Kuh.

«Das ist Tierquälerei, Herr Karus!» schloß er und verließ empört die amtlichen Räume.

Es half nichts, Karus mußte noch einmal nach Kalischken radeln, um nach dem Rechten zu sehen. Auf dieser Fahrt zeigte es sich, wie gefährlich es ist, mit Kalischken in Streit zu geraten. Das begann schon an der Gemarkungsgrenze. Da platzte der Ballonreifen des Fahrrads, und während Karus im Gras saß und den Schlauch flickte, stach ihn eine Biene, na man kann sich schon denken, wohin. Ein Weidenbaum hatte seinen armdicken Ast wie eine Barrikade über den Weg gelegt, zwang Karus zu einem Schlenker durch ein schmutziges Rübenfeld. Vor den ersten Häusern von Kalischken lauerte ein heimtückischer Ganter, der mit gesenktem Schnabel hinter den radelnden Hosenbeinen des Karus herrannte. Ein aufgeplusterter Truthahn versperrte den Weg zu Grigulls Hof, attackierte heftig das Fahrrad und den sich dahinter verschanzenden Karus. Fürchterlich riß der Hofhund an der Kette, es war das Schlimmste zu befürchten. Kurzum: Kalischken war nicht gut zu sprechen auf den Finanzbeamten Karus.

Aber nun erst der Kuhstall. Am Kopfende der gepfändeten Kuh stand der Bauer mit seinen Knechten und Nachbarn. Bedenkliche Gesichter. Lange machte sie es nicht mehr.

Karus sagte kein Wort. Er drängte die Umstehenden zur Seite und bot der Kuh frisches Gras an, das er vorsorglich unterwegs gerupft hatte. Aber das Tier machte das Maul nicht auf. Na, wie ist es mit einem Rübchen? Es ist nicht zu glauben, aber die Kuh schüttelte heftig den Kopf! Und auch das Heu, das Karus eilig vom Stallboden holte, verweigerte das uneinsichtige Tier.

Ratlos stand er vor der Kreatur. Da traf es sich gut, daß Grigull eine Flasche entkorkte und mit einem Becher auf den verstörten Karus zukam.

«Es ist wie ein Wunder», brummte er und stieß mit Karus an. Zufällig kam auch der Dorfschullehrer vorbei, um sich nach dem Befinden des Tieres zu erkundigen. Er werde, so erklärte er laut, einen Bericht schreiben und an die Akademie in Königsberg schikken. Eine Kuh, die die Nahrung verweigert, weil sie gepfändet ist, das hat es noch nicht gegeben!

Bauer Grigull schenkte nach.

Was soll man da machen? Karus nahm auf dem Melkschemel Platz und versank in dumpfes Brüten.

Ob ein Tierarzt helfen könnte?

Auch bastelte er in Gedanken an dem Plan herum, die Pfändung der Kuh aufzuheben, dafür aber Grigulls Zuchteber zu versteigern. Doch immer, wenn dieser Plan Gestalt annehmen wollte, kam Grigull und schenkte nach.

Am Nachmittag gegen halb drei überwand Karus alle amtlichen Bedenken und erklärte die 95 Goldmark einschließlich Verzugskosten für niedergeschlagen. Wegen Geringfügigkeit. Der Dorfschullehrer hatte, wie sich das für einen schriftgewandten Menschen gehörte, Papier und Bleistift zur Hand und schrieb auf, was zu einem guten Ende führen sollte. Auch bestand Grigull darauf, daß die Schande seines Kindes aus der Welt käme. So unterschrieb der Finanzbeamte Karus am Nachmittag gegen halb drei im Kuhstall des Bauern Grigull, daß es bei Zeugung und Geburt jenes zu früh verstorbenen Sohnes in jeder Beziehung mit rechten Dingen zugegangen sei und es nichts, rein gar nichts gebe, das das Finanzamt berechtigen könnte, für jenen Akt 95 Goldmark zu verlangen.

Kalischken war versöhnt. Das Sonnche schien, und die Kuh begann zu fressen. Die Wege trockneten, die Bienchen summten, und der Ganter schnatterte friedlich. Bauer Grigull führte die Gesellschaft in die gute Stube zum hergerichteten Essen. Und gegen Abend fuhr er den Finanzbeamten Karus – der schlief neben seinem Fahrrad hinten auf dem Klapperwagen – zurück in die Stadt.

Seit jenen Tagen haben die Bauern von Kalischken ein, na man kann sagen herzliches Verhältnis zu ihrem Finanzamt. Wenn Grigull in die Stadt fährt, läßt er die Pferde vor dem roten Ziegelbau halten, zieht freundlich die Mütze und grüßt zu den von wildem Wein umrankten Fenstern, hinter denen der Finanzbeamte Karus darüber nachsinnt, warum die Kühe von Kalischken lesen können.

Die neue Zeit

Im Sommer des Jahres 1928 war von der neuen Zeit noch nichts zu sehen. Die hielt sich versteckt hinter dem Waldrand, lauerte jenseits der Roggenfelder, wagte nicht, in Kalischken anzuklopfen. Sie hatte auch keine Späher ausgesandt, die neue Zeit. Es gab keine Litfaßsäulen, auf denen sie sich breitmachte, keine Fahnenträger führten sie auf dem Dorfpflaster vor, sie klebte nicht einmal am Schwarzen Brett des Bürgermeisters. Kurzum: es gab keine neue Zeit! Und es bestand wenig Aussicht, daß sie eines Tages aus dem Teich, aus den Kornfeldern oder Kartoffeläckern hervorkriechen könnte. Nein, die neue Zeit mußte aus der Ferne kommen, aus Königsberg oder Berlin . . . wenn sie überhaupt nach Kalischken kommen wollte.

Das geschah im Erntemonat August, als die Gutsknechte den Hafer einbrachten. Gut Kalischken besaß zwei Herren. Der eine, asthmatisch und alt, ritt täglich über seine Äcker. Begann den Spazierritt um die Kleinmittagszeit am Krug. Schlug dort mit der Reitgerte gegen die Fensterscheiben und ließ sich eine Tüte Kandiszucker aufs Pferd reichen. Weiter ritt er den Mühlenweg hinauf, streute unterwegs hier und da Zuckerstücke in den Dreck, in dem die Kinder spielten. Erreichte schließlich die Mühle. Sagte dem Müller, wie der Wind wehen wird. Trabte weiter zum Flüchtlingsgrab an der Chaussee, zog die Mütze und verharrte ein Vaterunser lang vor dem einzigen Toten, den Kalischken im August 1914 zu beklagen gehabt hatte. Sprengte von dort auf das Feld, auf dem die Knechte Hafer ernteten, suchte eine Anhöhe, um die Ernteschlacht von Kalischken zu überblicken. Oberster Kriegsherr über alle Sensen, Forken und Ladebäume.

Wenn die Kinder aus der Schule kamen, ritt der alte Herr wieder in Kalischken ein.

«Guten Tag, gnädiger Herr!» riefen die Kinder und balgten sich um die restlichen Zuckerstücke, die er auf das Dorfpflaster schüttete.

Der andere Herr des Gutes Kalischken wurde in jenem denkwürdigen Sommer erwachsen. Er lebte in Königsberg und lernte Dinge, von denen in Kalischken kein Mensch je etwas gehört hatte. Dort nun in der großen Stadt war dem jungen Herrn die neue Zeit begegnet. Hatte sich an ihn gehängt, ließ ihn nicht los, ergriff ihn, wie der Schüttelfrost einen kranken Menschen ergreift. Als er sich aufmachte, um zu Pferde von Königsberg nach Kalischken in die Sommerferien zu reiten (mit gehörigen Pausen, versteht sich), nahm er die neue Zeit mit. Er wickelte seinem Fuchswallach eine bunte Bauchbinde um das Fell, klebte an beide Seiten des Pferdeleibes die neue Zeit: das rote Tuch mit dem weißen Kuller und dem schwarzen Hakenkreuz. So ritt er durch die Dörfer, denn man muß sie vorzeigen, die neue Zeit, muß sie unter die Leute bringen, damit die Menschen sich an ihren Anblick gewöhnen und später nicht erschrecken, wenn sie plötzlich da ist. Wo immer der junge Herr erschien, liefen die Kinder zusammen. Sie fragten, ob es Zirkus gebe oder was es auf sich habe mit dem schönen bunten Tuch zu beiden Seiten des Pferdeleibes. Doch der junge Herr schwieg, verteilte keine Flugblätter, hielt auch keine Reden unter der Dorflinde: die neue Zeit ritt schweigend durch das Land.

Und sie kam so gegen Abend und ziemlich müde und erschlagen in Kalischken an. Ritt erst einmal über den Haferschlag, wo die Knechte die letzten Fuder aufstakten. Die Männer stießen ihre Forken in die Erde und blickten verwundert zu dem bunten Reiter.

«Ist das nicht unser junger Herr?!» rief der Tagelöhner Rogall. «Was bringt der für bunte Koddern aus der Stadt mit?»

Sie versammelten sich um den Reiter und betrachteten das bunte Tuch.

«Das ist die Fahne des neuen Deutschlands!» rief der junge Herr über ihre Köpfe hinweg. «Seht sie euch gut an, bald wird sie über allen Häusern flattern!»

Donnerwetter, wer hätte das gedacht! Tagelöhner Rogall ging hin und befühlte das Tuch, tastete vor allem die schwarzen Kreuze ab. Sie waren durchgeschwitzt von der weiten Reise; aber alles was recht ist, ordentlichen Stoff besaß die neue Zeit, haltbar und kräftig, auf tausend Jahre angelegt.

So zog die neue Zeit in Kalischken ein. Die Gutsknechte folgten ihr mit Forken auf den Schultern. Kinder rannten ihr entgegen. Hunde schlugen an. Alte Weiber traten besorgt vor die Haustür. «Mein Gott, so viel Rot!»

Aber zum Glück ist auch ein Kreuzche dabei. Mittendrin. Ein Kreuz, wie es unser Herr Jesus getragen hat, nur ein paar Haken dran. Aber immerhin: ein Kreuz.

Auf der Dorfstraße trafen sich die beiden Herren von Gut Kalischken. Man kann auch sagen: die alte und die neue Zeit prallten mit den Köpfen zusammen!

«Auf Gut Kalischken hat dieser Lappen nichts zu suchen!» sprach der alte Herr. Lauter, als er sonst in Kalischken zu sprechen pflegte.

«Vor dieser Fahne wirst du eines Tages knien, Vater!»

«Ausspucken werde ich!» schrie der alte Herr und ließ die Reitpeitsche durch die Luft sausen. Scheute nicht davor zurück, seinen erwachsenen Sohn zu verprügeln. Und das vor den Knechten, den Weibern und Kindern. Zeichnete mit der Peitsche Striemen auf seinen Arm, traf auch das Fahnentuch, das heilige Tuch der neuen Zeit, und machte das Pferd mit seinen Schlägen wild.

Einen so gewaltigen Zusammenprall der Zeiten hatte Kalischken noch nicht erlebt. Die Frauen riefen ihre Kinder ins Haus, die Knechte standen ratlos auf der Dorfstraße. Der Fuchswallach des jungen Herrn bäumte sich auf, jagte davon, nahm Reiter und Fahne mit, gab erst Ruhe vor dem Wasser des Dorfteiches, denn das Tier war durstig von der beschwerlichen Reise. Zitternd vor Wut, ritt der junge Herr das Pferd in die Tränke, ritt hinein in das Entenkraut und die Schilfstengel, bis das Wasser das Fahnentuch erreichte.

Alle sahen, wie das Tier plötzlich einen Rappel bekam, ganz unsinnig mit den Vorderhufen schlug, im dreckigen Teichwasser untertauchte, sich wälzte, die Beine nach oben kehrte . . . Was ist nur mit dem Wallach los? Der junge Herr watete zum Ufer, bedeckt mit grünem Entenkraut, das an seiner Kleidung hing und in seinem Haar klebte.

Wo aber war die neue Zeit geblieben? Keine Spur mehr von ihr. Das Tier hatte sie sich vom Leib gerissen und in den Schlamm getreten. So sehr die Knechte auch mit Stangen und Forken nach ihr fischten, die neue Zeit war im Entenkraut von Kalischken untergegangen. Das Tuch blieb verschwunden, tauchte auch im Herbst nicht auf, als der Teich zum Fischen abgelassen wurde. Nur die Kinder des Tagelöhners Rogall bekamen rote Kleidchen mit schwarzem Saum und weißen Ärmeln, die so hübsch leuchteten im herbstlich grauen Kalischken.

So wurde der erste Ansturm der neuen Zeit auf Kalischken abgeschlagen. Fünf Jahre später meldete sie sich wieder. Und da gab es kein Halten mehr.

Wie der Tod nach Kalischken kam

Wer weiß denn noch, wie richtig gestorben wird? Die Leichen kommen aus dem Haus, bevor sie kalt sind. Schnell den Sargdeckel drauf, damit es nicht stinkt. Nichts sehen und hören. Alles in einem Meer von Blumen ertränken. Danach am besten verreisen: Mallorca zum Beispiel.

In Kalischken saß der Tod auf der Küchenbank, und in kalten

Winternächten soll es vorgekommen sein, daß er an die Haustür klopfte, um sich neben dem glühenden Kachelofen zu wärmen.

Am Nachmittag kam die zehnjährige Trude auf das Feld gelaufen, wo Bauer Brunklas mit der Frau und den Knechten Rotklee wendete.

«Die Oma liegt im Bett und stöhnt ganz schrecklich», sagte das Kind.

«Dann wird es wohl zu Ende gehen», meinte Brunklas und rammte die Forke in die Erde.

«Wir müssen nach dem Doktor schicken», sagte die Frau, aber Brunklas schüttelte den Kopf. Ein Doktor ist gut, um Salbe auf ein Loch im Fleisch zu schmieren oder einen gebrochenen Knochen zu richten. Aber wenn der Tod von innen kommt, da hilft nur beten.

Auch störte Brunklas die ganze Umständlichkeit. Du schickst ein Fuhrwerk in die Stadt, das den Doktor holen soll. Triffst ihn womöglich nicht an. Wenn er endlich kommt, ist die Oma längst tot. Aber eine Rechnung schickt er dir trotzdem, und das alles für nichts. Nein, der liebe Gott soll entscheiden, ob die Oma heute sterben muß.

Die Frau ergriff die Hand des Kindes und eilte mit ihm nach Hause.

«Muß die Oma sterben?»

«Ach, Trudke, das ist gar nicht schlimm. Wenn einer siebenundsiebzig ist wie die Oma, stirbt es sich leicht.»

Die kleine Kammer wurde fast ausgefüllt von dem Bett, in dem die Oma mit geöffnetem Mund lag. Gedämpftes Licht. Das kam von dem tiefhängenden Strohdach, das die Fenster verdunkelte.

«Wo tut es denn weh, Oma?»

Die alte Frau antwortete nicht.

«Willst du ein bißchen trinken?»

Die Bäuerin holte kaltes Wasser, setzte der alten Frau den Krug an die Lippen. Das belebte.

Inzwischen trug das Kind alle Kissen zusammen, die es im Hause gab. Die Bäuerin schob sie unter den Kopf der Oma. So saß sie aufrecht im Bett und versuchte zu erkennen, was um sie vorging.

«Ich kann gar nuscht sehen», murmelte die alte Frau.

«Hier bin ich, Oma!» rief die Bäuerin von der Bettkante her. «Ich bleib bei dir hucken, bis es besser geht. Soll das Trudke dir vorlesen, Oma?»

«Ja, lies nur, lies . . . Das schöne Gleichnis vom Sämann. Wie der alles unter die Dornen gestreut hat.»

Das Trudke kam mit dem Neuen Testament und begann zu lesen.

«Bist du noch da?» fragte die Oma plötzlich.

«Ich hab es dir doch versprochen, Oma. Ich bleib hucken, bis es dir besser geht», antwortete die Bäuerin.

Auf einmal richtete sich die alte Frau auf und sagte: «Ach, Trudke, lauf doch schnell auf den Hof und laß die Küken rein, sonst kommt der Habicht.»

Mehr sprach die Oma nicht.

Für wenige Minuten war es still in der Kammer. Nur ein dicker Brummer flog beharrlich mit dem Kopf gegen die Scheibe.

«Nun ist die Oma tot», sagte die Bäuerin zu dem Kind. Sie band das weiße Kopftuch ab und wischte damit über ihre Augen.

«So einfach ist das, mein Trudke . . . Und es tut gar nicht weh . . . Wir müssen ja alle sterben.»

Sie ging hin und hielt die große Standuhr an. Vier Uhr. Vesperzeit.

Als der Bauer abends von der Arbeit kam, ließ er sich nicht Zeit, die Hände zu waschen und die groben Stiefel auszuziehen, sondern polterte in die Kammer der Oma. Seine Frau saß noch immer auf dem Bettrand. Sie gab ihm ein Zeichen. Da zog er die Mütze und verharrte auf der Schwelle, die Fäuste ineinandergeschoben. Danach ging er schwerfällig auf das Bett zu und sagte: «Na Oma, wolltest du nicht mehr bei uns bleiben?»

Das Trudke lief inzwischen von Haus zu Haus und sagte Bescheid. Die Bäuerin holte frische Wäsche, zog die Oma an, kämmte ihr Haar und flocht daraus einen Kranz, den sie um den Kopf der Toten legte. Bauer Brunklas öffnete das Fenster, damit die Seele zum Himmel fliegen konnte.

Am Abend kamen die alten Leute von Kalischken, um Nachtwache zu halten. Drängten sich in der Kammer, deren Fenster noch immer weit geöffnet war, sahen den Schatten zu, die von den flackernden Kerzen am Kopfende des Totenbettes gegen die Wand geworfen wurden. Vielleicht sollte man singen. Fromme Lieder. Schaurig und schrill, so daß der Hofhund zu winseln begann.

«Es ist schon dunkle Nacht, du mußt jetzt ins Bett gehen, Trudke.»

Der Bauer trug das Kind zum Totenbett.

«Sag der Oma auf Wiedersehen, Trudke!»

Das Mädchen berührte flüchtig die Hand der alten Frau, dann zog die Mutter es fort.

Als alle Lieder gesungen waren, begannen die alten Leute zu erzählen.

Wißt ihr noch, wie die Oma im großen Krieg einen Kosaken mit dem Kochlöffel aus der Speisekammer gejagt hat? Ja, so war die Oma.

In der Schule konnte sie immer so schön singen. Als einzige im Dorf sang die Oma die Oberstimme.

Und eine Schönheit war die Oma in jungen Jahren. Ich traf sie abends auf der Dorfstraße und sagte zu ihr: «Komm, wir machen einen Spaziergang zum Strohberg!» Da hat sie mir eine runtergehauen. «Du Grünschnabel», hat die Oma damals zu mir gesagt, «du hast noch keinen Bart und willst schon mit mir auf dem Strohberg liegen!»

Und wer denkt noch daran, wie der Blitz in den Stall einschlug? Die Oma war allein zu Hause. Sie lief in den brennenden Stall, um die Schweine und Kälber rauszulassen . . . Und dabei versengte sie ihr schönes, langes Haar.

So erzählten sie bis Mitternacht, bis die Kerzen niedergebrannt waren. Bauer Brunklas schloß das Fenster, denn die Seele war schon längst im Himmel. Er ging allein in seine Schlafstube, weil die Bäuerin bei der Toten wachen mußte.

«Ich hab dir doch versprochen, daß ich bei dir hucken bleib, Oma!»

Aus dem Nest gefallen

Wenn Wachtmeister Gandras nach Kalischken kam, ging es um Dinge von größerer Bedeutung. Der hielt sich nicht mit ein paar Äpfeln auf, die die Jungs aus dem Gutsroßgarten gestohlen hatten. Auch ein Schock Eier, das ohne Schalenreste aus einer Speisekammer verschwunden war, konnte den alten Gandras nicht zu einer so weiten Reise bewegen. Nein, es mußte schlimmer kommen, viel schlimmer.

Die Kinder nahmen Reißaus, und die Alten traten vor die Häuser, um zu sehen, wohin er fährt, dieser Gandras. Er war ein älterer Mensch von respektierlichem Aussehen, saß rüstig auf seinem Fahrrad und war für jedermann leicht zu erkennen an seinem bauschigen Bart, dessen Enden im Fahrtwind zitterten. Dieser Mann schämte sich nicht, mehr als zwanzig Jahre nach der Abdankung der Hohenzollern noch immer einen Kaiser-Wilhelm-Bart zu tragen, obwohl die Zeit nach anderen Bärten stand.

Gandras fuhr mit dem Dienstrad gemächlich den Sommerweg abwärts und verlangsamte das Tempo vor dem Haus des Aaron Eisenstein. Wollte er nur einer Gänseschar ausweichen? Nein, Gandras hielt an, stellte das Fahrrad in einen Fliederbusch, streifte die Hosenklammern ab, klopfte den Staub aus der Uniform und ging auf eine Haustür zu, die folgendes Emailleschild zierte:

AARON EISENSTEIN
ROHRSESSEL, KÖRBE, BIENENSTÖCKE, LEITERN IN ALLEN GRÖSSEN

Sie waren zu Hause, die Eisensteins. Ob er eintreten dürfe? Aber ja doch. Und bequem Platz nehmen. Den Helm legen wir am besten auf den Küchenschrank, sonst tragen ihn die Kinder auf den Hof und spielen im Klackermatsch.

«Es ist heiß», sagte Gandras, um ein Gespräch zu beginnen, und wischte mit dem Taschentuch den Schweiß aus dem Gesicht. Währenddessen warf er einen flüchtigen Blick aus dem Fenster zu den Vorräten an Hühnerleitern, Trittleitern, Kruschkenbaumleitern, Strohbergleitern und was zum Klettern in Kalischken noch gebraucht wurde. Die Frau brachte kalten Tee, nahm Platz am runden Tisch, auf dem Gandras die Tasche mit den Papieren ausbreitete.

«Womit kann ich dienen?» fragte Aaron Eisenstein neugierig. Gandras öffnete umständlich die Tasche.

«Da ist ein Brief aus der Kreisstadt gekommen. Du sollst zur Vernehmung erscheinen.»

Mein Gott, Vernehmung! Was kann das sein? Der Mann sprang auf, legte mit theatralischer Geste die Hand aufs Herz, beugte sich über die Papiere des Wachtmeisters Gandras. «Was schreibt man? . . . Was hat man zu vernehmen in der Kreisstadt?»

Gandras entfaltete ein Papier. Oben fand er das Wort «Betrifft». Aber diesem Wort folgten nur einige schwarze Punkte . . . Die

Kreisstadt hatte die Rubrik nicht ausgefüllt. Schlamperei, so etwas!

«Genaues weiß keiner», murmelte Gandras. «Aber vielleicht, weil du Jude bist. Die werden jetzt überprüft und registriert. Ja, das wird es sein.»

Die Frau erhob sich, um frischen Tee zu holen.

«Und du willst mich gleich mitnehmen?» fragte Aaron Eisenstein verstört. «Auf der Stelle verhaften und in der Kreisstadt vorführen?»

Davon kann keine Rede sein. Wachtmeister Gandras lachte.

«Laß dir nur Zeit, Aaron! Wenn dir eines Tages keine bessere Arbeit einfällt, fährst du in die Kreisstadt, um zu hören, was die Herren von dir wollen. Vorher kommst du ins Polizeibüro. Wir stellen dir ein Schreiben aus und geben dir Geld für die Reise. Denn niemand darf zur Vernehmung gerufen werden ohne Ersatz der Unkosten. So sind die Gesetze.»

Aaron Eisenstein lächelte zufrieden. Ach, er war ein guter Mensch, dieser Gandras. Ein Mann, der an alles dachte, auch an das Reisegeld, und der nach Erledigung seines Amtsgeschäftes die Aktentasche unter den Tisch schob, um in großer Ruhe kalten Tee zu trinken. Denn es war heiß in Kalischken.

Ein paar Tage fuhr Eisenstein mit Leitern, Körben und Rohrsesseln über Land. Aber die Sache ließ ihn nicht los, diese Vernehmung in der Kreisstadt. Das muß der Mensch hinter sich bringen; danach fühlst du dich besser.

Darum erschien er, wie Gandras geraten hatte, eines Morgens im Polizeibüro. Aaron Eisenstein kannte sie alle, die freundlichen Menschen, die dort saßen. Guten Tag, Herr Eisenstein! Nehmen Sie Platz, Herr Eisenstein! Was machen die Kinder, Herr Eisenstein . . . Sie waren von Herzen besorgt um ihn.

Ein älteres Frauenzimmer, beschäftigt mit einer unhandlichen Schreibmaschine, fragte, ob ein Gläschen Buttermilch oder Sprudel gefällig sei. O ja, von Herzen Dank! Die Papiere lagen fertig auf dem Schreibtisch.

«Auch die Rückfahrkarte?»

Aber ja, es war an alles gedacht, auch an die Rückfahrkarte. Und nach der Heimkehr mußt du vorbeikommen, Aaron Eisenstein, und erzählen, was die in der Kreisstadt zu vernehmen hatten. Denn Gandras hatte noch die Rubrik «Betrifft» auszufüllen, weil Ordnung sein muß in den Papieren.

Als er in der Kleinbahn saß, begann Aaron Eisenstein auf unerklärliche Weise zu frieren. Und das im schönsten Sommer. Obwohl ihn viele Menschen umgaben, fühlte er sich wie ein junger Vogel ohne Federn, der aus dem Nest gefallen ist. Und mit jedem Kilometer, den die Bahn ins Land fuhr, entfernte sich die hilflose Kreatur von ihrem Nest, geriet in eine seltsame Dunkelheit und, was noch schlimmer war, in die Kälte. «Fahren Sie auch in die Kreisstadt?» fragte Aaron sein Gegenüber.

Der nickte nur und starrte durch die Scheiben auf einen Kartoffelacker, der kein Ende nehmen wollte.

«Als junger Mensch war ich öfter in der Kreisstadt», erzählte Eisenstein. «Sogar an dem Tag, als der große Held Hindenburg nach der Masurenschlacht feierlich Einzug hielt . . . Und er hat mir wirklich die Hand geschüttelt, der große Hindenburg!»

Eisenstein schwieg, als er merkte, daß die Geschichte niemand beeindruckte. Er bekam reichlich Zeit, über seine Reise nachzudenken. Was wollten die von ihm? Es ist wahr, er hatte das Finanzamt um hundertfünfzig Mark beschummelt, aber das lag zehn Jahre zurück und müßte längst vergessen sein. Oder lag eine Anzeige vor, weil er seine Leitern billiger verkaufte als die Geschäfte in der Stadt? . . . Gedulde dich, Aaron Eisenstein, du wirst alles sehen und hören!

So eine Stadt ist furchteinflößend. Kaum Menschen, die du kennst. Keine Gelegenheit, den Hut zu ziehen. Auf dem Bürgersteig steht eine Gruppe, unterhält sich lustig, aber du mußt schweigend vorübergehen, weil du fremd bist. Schaust den an und jenen, aber dich sieht niemand. Schon stehst du in dem roten Gebäude mit dem langen Flur und den vielen Türen . . . ach, Kalischken liegt so weit entfernt.

«Sie also sind der Jude Eisenstein!» sagte ein Mensch in Uniform, während Aaron nach einem Plätzchen zum Hinsetzen Ausschau hielt. Aber es gab nichts. Er mußte vor der Barriere stehen und zusehen, wie der Mensch in den Papieren blätterte. «Es ist so, Herr Eisenstein», sagte der Uniformierte kühl, aber korrekt, dabei fortwährend mit dem Bleistift auf den linken Daumen tippend.

«Die Reichsregierung hat beschlossen, alle Juden zusammenzuführen. Sie erhalten ein eigenes Gebiet. Dort werden sie unter der Schirmherrschaft des Deutschen Reiches leben, wie es ihnen gefällt . . . Haben Sie verstanden, Herr Eisenstein?»

O ja, Aaron Eisenstein hatte sehr wohl verstanden.

«Es ist nötig, daß Sie hinfahren, um alles genau zu besichtigen und die Übersiedlung vorzubereiten.»

Schade, daß kein Stuhl im Raum stand. Aaron Eisenstein klammerte beide Hände an die Barriere, weil er nicht vor dem Uniformierten auf die Knie sinken wollte.

«Sie brauchen wegen der Fahrt nichts zu veranlassen. Morgen geht ein Sonderzug, da fahren Sie mit.»

Der Uniformierte nahm einen Telefonhörer ab und sagte: «Führen Sie den Juden Eisenstein in Raum Nummer fünfzehn!»

Eine angenehme Unterkunft war das nicht. Sie besaß gewisse Ähnlichkeiten mit einem Gefängnis. Aber was willst du machen? Wenn die einen Sonderzug zusammenstellen, wo sollen sie in einer kleinen Kreisstadt die vielen Menschen unterbringen? Bleibe ruhig, Aaron Eisenstein! Morgen werden wir weitersehen.

Dieser Sonderzug! Zum Erschrecken. Reichlich Bewachung, für jeden Wagen zwei Mann. Auf dem letzten Wagen, wo gewöhnlich das Bremserhäuschen zu finden ist, stand ein Maschinengewehr. Ja, es ist Krieg, da ist Vorsicht geboten. Jeder Mann erhielt eine Nummer, die am Rock zu tragen war. Nur zur besseren Unterscheidung. Aaron Eisenstein wurde zur Nummer achtunddreißig, saß neben Nummer vierzig, weil Nummer neununddreißig aus unerklärlichen Gründen ausgefallen war. «Wir fahren nach Palästina», sagte Nummer vierzig. «Bis Genua mit der Eisenbahn, von dort mit dem Schiff ins Heilige Land.»

Eisenstein erschrak heftig. Da mußte ein großes Mißverständnis vorliegen. Auf eine Reise nach Palästina war er nicht vorbereitet. Und was sollte aus seiner Familie werden? Er eilte zum Posten an der Wagentür, zupfte ihn am Ärmel. «Verzeihung, lieber Herr, ist es wahr, daß wir nach Palästina fahren?»

«Du hast hier gar nichts zu fragen!» schrie der Mann. «Bleib auf deinem Arsch sitzen, bis du Bescheid bekommst!»

«So ist das», murmelte die Nummer vierzig, die von Genua aus ins Heilige Land reisen wollte. «Bevor du im Dreck zertreten wirst, dürfen sie dich sogar duzen.»

Der Zug fuhr in die Nacht. Verhängte Fenster, denn es war Verdunkelungszeit in Deutschland. Und Schlafenszeit. Aber Aaron Eisenstein bekam kein Auge zu. Alles, was ihm vertraut war, rückte von ihm ab, entfernte sich in rasender Geschwindigkeit aus seiner

Nähe. Der junge Vogel fiel noch immer aus seinem Nest, ein Sturz ohne Ende, ein Sturz in die dunkle Kälte. Es wäre kein Wunder gewesen, wenn mitten im heißen Sommer Eisblumen an den Zugfenstern geblüht hätten.

«Um einen Menschen zu vernichten, mußt du ihn erst entwurzeln», sagte die Nummer vierzig.

Was hat der? Ach, Nummer vierzig spricht im Schlaf.

Nur gut, daß im Sommer die Sonne früh aufgeht. Sie gibt Licht und Wärme. Und du kannst das Land sehen. Geduckte Dörfer, mehr Holz als Stein. Liebliche Wiesen, Äcker und Wälder. Es ist alles da, was der Mensch braucht. Aber der Zug fährt weiter. «Nach Genua sind es drei Tagereisen», sagte die Nummer vierzig.

Endlich Halt. Alle aussteigen! Aber immer der Reihe nach. Ordnung muß sein. Ordnung ist das Wichtigste. Jeder kommt dran. Als die Nummer achtunddreißig aufgerufen wird, versucht Aaron Eisenstein es noch einmal. Er bleibt bei dem Posten stehen und fragt:

«Verzeihung, lieber Herr, wie heißt die Station?»

Der Mann sieht ihn an. Ein wenig Mitleid, ein wenig Schadenfreude, man weiß es nicht genau.

«Treblinka», sagt er schließlich und stößt ihn die Stufen abwärts.

Treblinka, das klingt gut, denkt Aaron Eisenstein an diesem Morgen. Klingt wie der Name eines lieblichen Mädchens. Ein Wort mit Musik. Na, wir werden sehen. Eine Woche später kam die Frau mit zwei Kindern zu Wachtmeister Gandras.

«Es wird ihm doch nichts zugestoßen sein?»

«Seien Sie unbesorgt, liebe Frau, in diesem Land geht niemand verloren. Hier herrscht Ordnung.»

Gandras führte sie ins Nebenzimmer, bot ihr einen Rohrsessel an, den er vor Jahren von dem Juden Eisenstein gekauft hatte. Die Kinder spielten mit der Katze, während er der Frau Zeit ließ, sich auszuweinen. Denn eine Woche ist eine lange Zeit. Da wird der Mensch unruhig, fängt an, vorwärts und rückwärts zu denken, und kommt zu keinem Ende. Da muß er schon ein bißchen weinen dürfen.

«Es wird alles gut werden», sagte Gandras zur Verabschiedung und war sich seiner Sache ganz sicher.

Und richtig. Zehn Tage später erhielt er einen Brief aus der Kreisstadt. Frau und Kinder Eisenstein könnten nachkommen. Es sei alles vorbereitet. Eisenstein wird ein großes Geschäft eröffnen, oder er wird in der neuen Heimat mit Leitern und Körben herumfahren . . . und natürlich auch mit Rohrsesseln für die feinen Leute.

«Wie heißt der Ort, zu dem wir fahren?» fragte die Frau. Gandras blätterte in den Papieren.

«Treblinka.»

Er hatte den Namen noch nie gehört, aber er klang gut. «Ein schöner Name», sagte die Frau und lächelte zufrieden.

Die litauische Hochzeit

Hochzeit feiern an einem Sonnabend im Juni? So etwas müßte verboten werden. Wenn andere das Heu zusammenharken, die schiefhängenden Erntewagen über die Dorfstraße rumpeln, wenn alle Hände in der Ernte gebraucht werden, untätig in der Kirche sitzen und die Hände in den Schoß legen?

«Aber es pressiert, Bauer», sagte Anton. «Denn sie bekommt etwas Kleines. Und weil sie meine einzige Schwester ist, muß ich hin, Bauer. Anton muß nach Litauen!»

Ja, die Hochzeit fand in Litauen statt, ein kleines Endchen hinter Deutschland, mit einem guten Fußmarsch zu erreichen. Bauer Ulnat ließ ihn ziehen, nahm ihm aber das Versprechen ab, am Sonntagabend wieder in Kalischken zu sein, denn am Montag wird das Heu von den Teichwiesen eingefahren. Hoffentlich gibt es bis dahin keinen Regen.

Also gut, bis Sonntagabend.

Einen Tag vor der Hochzeit wanderte Anton los, wanderte nach Osten, bis sich hinter ihm die Häuser von Kalischken in den Kornfeldern duckten. Er kam gut voran und erreichte gegen Abend die Grenze. Wie sich das für eine Grenze gehört, war sie belagert mit Soldaten, die im Wald biwakierten, die aufpaßten, daß niemand die Grenze wegnahm oder verrückte. Anton fragte nach dem Weg, aber die Soldaten kannten sich nicht aus in dieser Gegend. Es waren Fremde, die sich verbiestert hatten im entlegensten Winkel Deutschlands. Langweilig, so im Wald herumzuliegen und auf die Grenze aufzupassen.

Der Polterabend neigte sich dem Ende zu, als Anton in Litauen ankam. Die Musik war längst ertrunken, gurgelte tiefe Töne in die Nacht. Die Stille holte sich alles wieder, senkte sich, wie der Pfarrer so schön sagte, vom Himmel herab auf das litauische Dorf. Frieden.

Anton besprach und betrank mit seinem Schwager noch dies und das. Verzehrte auch, ausgehungert von dem weiten Marsch, eine handlange litauische Mettwurst, wurde müde und schlief ein auf der Bank neben dem mächtigen Ofen.

Der 21. Juni war ein schöner Tag. Ein Tag, um Hochzeit zu feiern . . . oder Heu einzufahren. Ein Tag, an dem die Kinder hinter Schmetterlingen herliefen und Blumen pflückten, bis der Zug der Hochzeitsgäste die Dorfstraße entlangkam. Es ging wohlgeordnet zu an diesem Tag, denn die litauischen Hochzeiten sind nicht viel anders als die Hochzeiten in Kalischken. Bis zum Mittag dauerte der fromme Teil. Der Pfarrer sagte, es sei eine Sünde, mit dickem Bauch vor den Altar zu treten. Doch werde alles wieder gutgemacht mit sehr viel Liebe. Liebe zum Herrn Christus, zum angetrauten Mann und vor allem zu den Kinderchen, die nach und nach aus dem Bauch kriechen werden. Ein schöner Trost. Am Nachmittag war der Leib an der Reihe. Vollgeschlagen wurde er mit Suppe und Braten, Fladen und Torte. Und abends kamen die Musikanten, nahmen Platz auf der Tenne mit dem Rücken zu den Pferdeköpfen und ließen den Hofhund jaulen. In der Tränke, tief unten im kühlen Wasser, lagen die Flaschen, die es in sich hatten. Und am Abend wurde es schwül über Litauen. Hoffentlich gibt es kein Gewitter.

Nichts Ungewöhnliches geschah auf der litauischen Hochzeit. Wohl warfen sie einen Gast im schönsten Hochzeitsstaat in den Poggenteich, und am Ende wurde ein bißchen geprügelt; aber das alles geschah ohne Blut und war nicht der Rede wert. Um Mitternacht zogen die Musikanten mit dem Brautpaar zur Schlafkammer. Die Gäste folgten, schlossen die Fensterläden und verriegelten die Tür, so daß es kein Entkommen gab. Aber Blut werden die alten Weiber morgen vergeblich im Laken suchen.

Es war nun früher Sonntag, der 22. Juni. Anton dachte an Bauer Ulnat, an das Heu auf den Teichwiesen und an sein Versprechen. Ohne viel Aufhebens stahl er sich davon, nahm nur eine angebrochene Flasche Erfrischungswasser aus der Pferdetränke mit.

Anton marschierte los in Richtung Deutschland. In das erste Licht des neuen Tages hinein. War ziemlich fidel, wanderte in Luftlinie durch Wälder und Wiesen, sang auch ein Liedchen (Oh, du lieber Augustin) in die Morgendämmerung und wurde – kein Mensch weiß, ob das schon in Deutschland geschah oder noch in Litauen – von der Müdigkeit eingeholt. Sie stellte ihm ein Bein, die Müdigkeit, rief ihm zu, er solle ausruhen in den saftigen Lottkeblättern des Grabens.

Anton lag ausgestreckt auf dem Waldboden. Sah nicht das Morgenrot über Litauen, hörte nicht die Vögel zwitschern, die ungestört von Ost nach West über die Grenze flogen. Nur der Ruf eines frühen Kuckucks schreckte ihn für kurze Zeit auf.

«Bis Johanni darfst du noch schreien», gab Anton dem Kuckuck Bescheid. «Aber nachher muß das aufhören, sonst gibt es eine schlechte Ernte.»

Er wollte wieder einschlafen, aber ein lautes Donnern hinter dem Wäldchen hinderte ihn daran. Und wie das krachte! Ziemlich nahe Schläge. Nun gibt es doch noch Gewitter. Anton schloß die Augen, fand aber keine Ruhe. An allen Ecken des Waldes rumorte es. Sogar die Erde unter den Lottkeblättern begann zu zittern. Anton richtete sich auf, holte die angebrochene Flasche aus dem Rucksack, die er zollfrei über die Grenze getragen hatte, und nahm einen tiefen Zug.

Wahrhaftig, ein solches Gewitter war ihm noch nicht vorgekommen. Es heulte und donnerte über seinem Kopf. Ohne Pause. Auch Feuer gab es schon. Drüben auf der litauischen Seite. Anton klammerte sich an die Flasche, ließ sie nicht aus der Hand, auch als der letzte Tropfen getrunken war. Nur gut, daß es nicht regnete!

Da ging – es war nicht zu fassen – mitten im Gewitter die Sonne auf. Schien in ihrer Herrlichkeit von Litauen her nach Deutschland hinein. Traf die Huflattichblätter in dem Waldstück an der Grenze, in dem Anton ausruhte. Schlaf ein, Anton! Verschlafe den Weltuntergang. Schlafe, bis die sengende Hitze durch das Blätterdach auf deinen Rucksack fällt, bis es Mittag wird im Grenzwald.

Als er erwachte, herrschte völlige Stille. Über Litauen standen Rauchwolken. Lieber Himmel, es wird doch nicht bei seiner Schwester eingeschlagen haben! Er wollte umkehren, um zu helfen, aber da waren sie wieder, die fremden Soldaten. Standen vor einem brennenden Dorf und ließen keinen durch. War es möglich, ein ganzes Dorf im Gewitter einzuäschern? Anton dachte an die Tiere in den Ställen, an die kühlen Flaschen in der Pferdetränke und das Hochzeitspaar in der verriegelten Kammer. Hoffentlich hat einer die Tür geöffnet.

Aber du kommst nicht mehr nach Litauen, Anton. Für dich wird es Zeit, nach Hause zu gehen. Der Bauer wartet schon.

Er traf keinen Menschen. Denn es war Sonntag, da schläft jeder lange, und anschließend geht er nicht wie Anton durch den Wald, sondern in die Kirche. Kein Kuckuck rief, auch den Singvögeln hatte es die Stimme verschlagen. Still war es wie in der kleinen litauischen Kirche, in der Antons Schwester gestern den Segen bekommen hatte und die heute niedergebrannt war bis auf den wuchtigen, steinernen Turm.

Als Anton Kalischken erreichte, stand der Bauer an der Hofeinfahrt wie einer, der schon lange gewartet hat.

«Gott sei Dank, du lebst noch», sagte er und führte Anton ins Haus. Nimm Platz! Ruh dich aus! Erzähle, wie es war. Nicht von den Kindern, die vor dem Paar Blumen gestreut haben. Auch was in der Kirche gesungen wurde, brauchst du nicht zu erzählen. Und das Essen, das es auf der litauischen Hochzeit gab, interessiert den Bauern auch nicht. Nein, du sollst erzählen, wie der große Krieg mit Rußland angefangen hat. Heute morgen, als das Sonnche aufging.

Aber davon wußte Anton nichts. Hatte gerade geschlafen in den kühlen Lottkeblättern. Wo Deutschland aufhört und Litauen anfängt.

«Nur gut, daß es nicht geregnet hat!»

Der Zeit voraus

Es gab damals schon aufgeklärte Menschen, die alles besser wußten: Tiere darfst du nicht quälen! Blumen nicht abpflücken! Keinen Unrat wegwerfen! Die stellten sich hin und sagten: «Deutsche Kinder schlägt man nicht, die muß man erziehen!» (Die Betonung lag auf «deutsche»).

So eine war Veruschka Specht, geboren im Samland, aber groß geworden im großen Berlin. Diese Person kam auf eigenen Wunsch, getrieben von einem inneren Drang, nach Kalischken, um unten anzufangen, wo die Welt am rückständigsten ist, wo es noch Hexen und Wahrsager gibt, der böse Blick die Kinder tötet, am Auferstehungsfest das Osterlamm in der Morgensonne herumhüpft (aber nur, wenn du nicht redest), die Kuh verkalbt, wenn die Zigansche in den Stall blickt, und die Kinder das Buchstabieren mit dem Rohrstock lernen, wo die Toten sich abmelden, im Gewitter Stimmen zu hören sind und das Mittelalter gerade hinter der letzten Wegbiegung verschwunden ist . . . Dahin kam Veruschka Specht, um die Kinder zu lehren, oder mit ihren eigenen Worten: um die Welt zu verbessern!

Kalischken empfing die neue Lehrerin mit dumpfer Gleichgültigkeit. Als sie in das Dorf einzog, traf es sich, daß eine Meute Hunde am Straßenrand raufte. Die Tiere waren bis aufs Blut ineinander verkeilt, Kinder und Männer standen sachverständig herum, um zu sehen, wer Sieger wird.

Die armen Tiere, dachte Veruschka Specht.

Ein paar Häuser weiter prügelte Bauer Kischko sein störrisches Pferd mit der Wagenrunge. Der Mensch muß sich Respekt verschaffen bei der Kreatur, ein ordentliches Stück Arbeit. An der Auffahrt des Gutshofes schlugen die Knechte mit der Peitsche einen Rüden und eine Hündin auseinander, die es gewagt hatten, sich in Kalischken zu paaren. Im Teich ertrank, eingenäht in einen alten Kartoffelsack, ein Wurf junger Katzen. Und aus den Nestern unter den Dachpfannen holten die Jungs nackte Sperlinge, die sie gegen die Hauswand klatschten.

Herbst war eine besonders grausame Zeit. Schweineschlachten zum Beispiel, diese blutrünstige Angelegenheit. Du brauchst am Morgen keinen Wecker, weil dich das Quieken der abgestochenen Schweine aus den Federn reißt. Und mit welcher Gelassenheit die Weiber ihre Weihnachtsgänse umbringen, Hühnern auf dem Hauklotz den Kopf abhacken, wie sie Kälbchen, erst eine Woche alt, zu zartem Braten in saurer Sahnesoße verarbeiten, auch liebliche Osterlämmer am Sonntag auf den Tisch der guten Stube bringen! Oh, Kalischken, wie bist du herzlos! Im großen Berlin kommt so etwas nicht vor. Da bleibt von den toten Schweinen nur die Wurst übrig; und noch niemals spritzte das Blut eines geschlachteten Hahns über den feinen Alexanderplatz.

Und nun erst die Kinder. Auf einem Spaziergang traf Veruschka Specht einen Dreijährigen, der eine Pferdeleine um den Bauch trug und an einen Kruschkenbaum gebunden war. Drei Steinwürfe weiter zogen die Eltern Rüben aus der Erde. Darf man Menschen an Bäume binden wie Hunde und Pferde? Was soll aus diesen Kindern werden? Die fühlen ihr Leben lang den Strick um den Bauch, und in zwanzig Jahren werden sie ihn um den Hals tragen.

Bald wird alles besser, lachte die Mutter. Wenn wir mehr Kinder haben, müssen die großen auf die kleinen aufpassen. Ja, so ist es, liebes Fräulein Specht. Du mußt dich an Kalischken gewöhnen. Hier ist Festbinden immer noch besser, als im Teich ersaufen oder in eine Jauchegrube fallen.

Und denken Sie nur, fuhr die Mutter fort. Vor einem Jahr hat die Windmühle ein Kind totgeschlagen. Lief unangebunden in der Gegend herum und geriet unter die Flügel. Einmal mitgenommen hat die alte Mühle den Kleinen, hoch in die Luft getragen und auf die Erde geworfen. Ja, so etwas kommt vor in Kalischken.

Auch ist ein zweijähriges Mädchen beim Schlachtfest in einen Kessel mit heißer Wurstbrühe gefallen. Das alles nur, weil das Kind nicht angebunden war. Und die vielen Lahmen und Buckligen in Kalischken, die sind als Kind unter der Pferdekrippe herumgekrochen, wurden von Kühen gequetscht oder fielen kopfüber vom Dreschkasten herunter.

Es ist schwerer, als ich dachte, schrieb Veruschka Specht an die Mutter in Berlin.

Besonders in der Schule. Schon nach einer Woche begann es zu rumoren. Du kannst tun und lassen, was du willst, die Specht schlägt nicht. Diese Person ist voller Güte und freundlicher Überredung, mit der mußt du Mitleid haben.

Die großen Jungs meinten, sie traue sich nicht. War auch nur eine zierliche Handvoll, die Specht. Hatte gerade Kraft genug, die Kreide zu halten.

Es war wie in der großen Trockenzeit. Alles lechzte nach Erfrischung und Abkühlung, dammelte unruhig hin und her wie von Bremsen gestochen. Aber der große, erfrischende Regen blieb aus. Was ist da zu machen? Ausprobieren, wie lange diese Trockenzeit dauern kann! Darf Blonskis Heinz zum Beispiel das Schulfenster mit Tusche anmalen, ohne daß der Rohrstock in der Ecke zu zittern anfängt? Ist es möglich, eine Woche lang die Hausaufgaben zu verweigern mit der Ausrede, zu Hause mußten Kartoffeln gesammelt werden? Natürlich ist es möglich, denn Veruschka Specht darf die armen Kinder nicht dafür bestrafen, daß sie auf den Feldern helfen müssen. Darf Kischkos Bruno heilige Verse so verstümmeln, daß die Kinder einen Lachanfall bekommen und die Lehrerin rot anläuft? Zum Beispiel das Lied vom guten Kameraden, das Kalischkens Jugend so sang: «Ich hatt eine Katz am Zagel . . .»

Auch das half nichts. Die knisternde Spannung, die nach Entladung schrie, wuchs von Tag zu Tag. Steckte auch die Erwachsenen an (Was ist nur in die Kinder gefahren?). Lag es daran, daß die Specht eine Frau war? Schaffen Frauen so etwas nicht? Es kam wirklich in der Abenddämmerung eine Abordnung des Gemeinderats zu Veruschka Specht:

«Fräuleinche, Sie müssen einmal richtig mit dem Knüppel dazwischenhauen, das gibt Luft!»

Denn es gehörte zu den Pflichten eines Lehrers in Kalischken, die Kinder zu verprügeln. So war es immer gewesen. Kalischken ohne Prügel, da läuft der Teich über.

Es ist schwer, die guten Vorsätze von Berlin nach Kalischken zu tragen, damit sie dort Wurzeln schlagen und eines Tages grünen und Früchte oder, wie Veruschka Specht sagte, bessere Menschen hervorbringen. Gute Absichten werden dir als Schwäche ausgelegt. Plötzlich stehst du da und mußt zeigen, daß eine Frau so etwas auch kann: mit dem Rohrstock dazwischenschlagen. Zum Glück liegt Berlin weit entfernt, viel weiter als die lumpigen 600 Kilometer, die auf der Landkarte stehen. Wäre es nicht in dieser Geschichte niedergeschrieben, niemand in Berlin hätte jemals erfahren, daß Veruschka Specht, das Fräulein mit den guten Zeugnissen und den besseren Absichten, dieses Menschenkind, das seiner Zeit Meilen voraus war, ausgerechnet am Reformationstag, als sie das Leben des großen Reformators schilderte, ins düstere Mittelalter zurückfiel. Und das aus nichtigem Anlaß. Als der Teufel auf der Wartburg erschien, warf Luther, wie jeder weiß, mit dem Tintenfaß gegen die Wand. Kischkos Bruno wollte es dem Reformator gleichtun und knallte seine Holzpantoffeln gegen das Lehrerpult. Na warte, Mönchlein, du gehst einen schweren Gang! Was sich in Kalischken aufgestaut, was wochenlang an den Ketten gezerrt und nach einem Ausweg gesucht hatte, entlud sich an diesem Reformationstag. Zersprengte alle Fesseln. Zerfetzte einen daumendicken Rohrstock, hinterließ Striemen und Kraterränder. Donnerwetter, das hatte der kleinen Specht keiner zugetraut!

Ein reinigendes Gewitter war über Kalischken hinweggezogen. Danach kehrte herbstliche Milde ein. Die Männer zogen respektvoll die Mütze. Alle Achtung, diese Frau war ein richtiger Kerl. Die

Kinder machten einen weiten Bogen um die Specht, wie sich das in Kalischken gehörte. Und paßt nur auf, ihr Lorbasse! Die Spechtsche ist besonders an den heiligen Feiertagen außer sich. Reformation, zum Beispiel, ist ein ganz gefährlicher Tag.

Besuch von Wanja

Man muß sich einen Kartoffelacker vorstellen, sechs Morgen im Quadrat. Im späten Mai. Das Kraut blühte zartlila, die Lerchen standen über dem Acker und wechselten sich ab in ihrem Gesang. Am Ende der Furchen gluckerte zwischen verblühten Butterblumen ein Bach. Jenseits des Wassers kniehoher Hafer. Das war schon alles. Vom Krieg nichts zu sehen und zu hören.

Da erhob sich eine Gestalt aus dem Hafer, schritt die Kartoffelfurchen ab, strebte ohne Eile, aber geduckt dem Bach zu. Der Mann – ja es war wohl ein Mann – nahm Platz im Ufergras, ohne an die häßlichen Flecken zu denken, die Butterblumen auf der Kleidung hinterlassen. Streifte die Schuhe ab – das heißt, was an seinen Füßen baumelte, waren mit Bindfäden zusammengehaltene Lederfetzen – und steckte die dreckigen Zehen in das kühlende Wasser. Holte eine Rübe her (wie kam der in dieser Jahreszeit zu einer Rübe?), fing an abzubeißen wie einer, der lange nichts gegessen hat. Buddelte nebenbei in den lila blühenden Kartoffeln und holte die ersten walnußgroßen Knollen hervor.

Um die Wahrheit zu sagen: Der Mensch sah verkommen aus. Ein Kinderschreck, eine Gestalt für den Kirschenbaum. Lag da in den Butterblumen von Kalischken und ruhte aus.

Wenn du dich nur flach genug auf die Erde legst – und Wanja mußte oft auf der Erde liegen – ist kaum ein Unterschied zu bemerken zwischen den Äckern und Wiesen von Kalischken und dem Land am Don. Aus dem Blickwinkel der Butterblumen und Kartoffelstauden ist die Welt immer noch ein Paradies. Aber weiter oben wird dir schwindelig.

War das schon die Hälfte des Weges zum Don? Wanja wußte es nicht. Kaum zu glauben, wie groß dieses Deutschland ist, wenn du es in den Nächten zu Fuß durchqueren mußt! Ein wirkliches Groß-

Deutschland. Wanja holte einen zerknitterten Papierfetzen aus der Manteltasche, eine provisorische Zeichnung von Groß-Deutschland. Mittendurch ein dicker Strich, so in der Gegend von Braunschweig beginnend, um Berlin einen weiten Bogen nach Norden schlagend. Ins Pommersche hinein. Südlich Schwedt über die Oder, die Weichsel nördlich von Thorn überquert (fast wäre er dabei abgesoffen), und von dort aus beharrlich auf die Grenze im Osten zugewandert. Das war Wanjas Spur, der Deutschland besucht und zwei Jahre lang Steine gekarrt hatte in der Gegend um Braunschweig. Und jetzt wollte Wanja nach Hause. An der Uferböschung des Don liegen, den Flußdampfern nachschauen, den mit Holz beladenen Kähnen, den Fischern auf dem Weg zu ihren Reusen. Ach, Mütterchen schimpfe nur nicht! Wanja hat genug Steine gekarrt, Wanja ist müde.

«Was bist du für einer?» sagte plötzlich eine Stimme von der anderen Seite des Baches.

Wanja hatte es gewußt: diese Begegnung mußte einmal kommen. In langen Wandernächten hatte er sich den Schrecken ausgemalt. War entschlossen, jeden zu erwürgen, der ihn daran hindern wollte, zu Fuß zum Don zu gehen. Aber nun diese Forke vor seiner Nase. Der Knecht Anton hielt sie in den Händen. Blitzblanke Zinken. Sie könnten mühelos in Wanjas Leib fahren.

Wanja versuchte, seinem ausgemergelten, bärtigen Gesicht ein Lächeln abzugewinnen. Ob der Mensch mit der Forke das verstand? Anton ließ die Forke sinken, nahm in gehöriger Entfernung auf der anderen Seite Platz und betrachtete den verwilderten Menschen.

«Bist du ein Russe?»

Wanja nickte und grinste unterwürfig.

«Ausgerissen, was?»

«Nach Hause, nach Hause!» Er zeigte in die Richtung, in der er seinen Don vermutete.

Was sollte Anton mit diesem zugelaufenen Menschen anfangen? Mit der Forke aufspießen? Ihn ins Dorf jagen, wie man eine entlaufene Kuh nach Hause treibt? Wanja erriet Antons Gedanken.

«Wenn die deutsche Polizei mich greift . . .» Er vollendete den Satz nicht, sondern machte das Zeichen des Halsabschneidens.

Mensch, der weint ja! Sitzt in den Butterblumen und läßt Tränen in den Bart kollern. Beginnt zu reden, halb deutsch, halb russisch. Beteuert, er werde nie wieder Krieg führen. Nur nach Hause wandern, um am Ufer des Dons zu liegen. Leben und ausruhen, nichts weiter.

«Warum reißt du die jungen Kartoffeln aus der Erde?» sagte Anton vorwurfsvoll. «Da ist noch nichts dran.»

Wanja verstand. Er kroch auf Knien die Furche entlang, scharrte mit den Händen Erde in die Löcher, in denen er nach Kartoffeln gewühlt hatte. Fragte schließlich, ob er davonlaufen dürfe.

Vielleicht zu dem kleinen Wäldchen drüben?

Also gut, laufe zu deinem Don, wo immer das sein mag.

Anton schulterte die Forke, um heimwärts zu gehen. Er gab seinem Kopf den Befehl, den verkommenen Wanja zu vergessen, als hätte es diese Begegnung nicht gegeben. Aber der Kopf weigerte sich, Antons Befehl anzunehmen. Je näher er dem Dorf kam, desto hartnäckiger umkreisten die Gedanken den verkommenen Wanja. Vor dem Friedhof von Kalischken machte Anton Halt. Da stand das Ehrenmal für die Gefallenen, aus Granit gehauen mit viel Raum für neue Namen. War es möglich, daß der verkommene Wanja den Bauern Rudschinski auf dem Gewissen hatte, der in der Kesselschlacht von Smolensk gefallen war? Oder den Gutsknecht Gönnert, den sie am Peipussee aus einer Baumkrone geholt hatten? Vielleicht auch den Zimmermann Reschke, der im tiefsten Winter vor Moskau eine Kugel in den Kopf bekam und anschließend eingefroren wurde? Er hätte Wanja fragen sollen, bevor er ihn laufen ließ!

Die Zweifel wuchsen. Am Abend wurden sie so mächtig, daß an Schlafen nicht mehr zu denken war. Anton ging in die gute Stube des Bauern und erzählte, wie er Besuch bekommen hatte auf dem Kartoffelacker.

«Du willst ein guter Deutscher sein?!» murrte der Bauer. «Läßt einen Kriegsgefangenen davonlaufen! Der kommt doch nie zu Hause an. Wenn er die deutschen Linien schafft, greifen ihn die eigenen Leute auf. Sie werden ihm ein Gewehr in die Hand drücken und sagen: Geh hin und schieß ein paar Deutsche tot! Und dein dreckiger Wanja wird eines Tages wiederkehren, um dir eine Kugel in den Bauch zu schießen. So ist der Krieg, Anton!»

«Aber er hat geweint, Bauer.»

«Was heißt hier weinen? Wenn es ans Leben geht, weinen alle!»

Nein, du hast nicht richtig gehandelt, Anton. So etwas darf in Kalischken nicht wieder vorkommen, hörst du?

Wanja hatte inzwischen das Waldstück durchwandert. Im Schutze der Dunkelheit wagte er es, abgelegene Straßen zu betreten. Nachts durfte er aufrecht gehen, Wegweiser studieren und in Gemüsegärten die ersten Mohrrüben – bleistiftdünn, aber köstlich süß – ernten. Auch mit den Kühen stand Wanja sich gut. Lag vor ihren Eutern auf den Knien und drückte den warmen Milchstrahl in den geöffneten Mund. Das gibt Kraft für den Fußmarsch nach Rußland. Und Kraft braucht ein Mensch, um von Braunschweig zum Don zu wandern. Es ist die Kraft, die dich über Zäune und Gräben trägt, dich immer wieder anstößt, wenn du schwach werden willst. Auch die Kraft, die dich blind macht. Du spürst nicht, wie sie dich von der Brücke in den Strom gestoßen haben. Du treibst schon längst den Don abwärts. Ohne Rettung. Niemand kann sich diesem Sog entziehen; von trockenen Ufern darfst du nur träumen in diesen flutenden Zeiten.

Aber es ist gut, an den Don zu denken, während du einen zusätzlichen Knoten um die zerfetzten Schuhe bindest. Am Don werden keine Deutschen sein. So tief ist noch kein Feind ins alte Rußland eingedrungen. Am Don fahren noch die Flußschiffer, und die alten Weiber ziehen ihre Wäsche durch den Strom. So ist der Don.

Wanja marschierte den Sternen nach, umging Seen und Dörfer – vor allem auf anschlagende Hunde mußt du achten –, überquerte Schienenstränge und Weidezäune. Erst der heraufdämmernde Morgen zwang ihn zurück in die Wälder. So kam er in jene Schonung nordöstlich von Rastenburg. Ein Wald ohne besondere Merkmale. Junge Eichen, dazwischen einige Fichten, anfangs mooriger Untergrund, später guter, trockener Waldboden. In der Ferne Motorengeräusch. Hätte Wanja die Leuchtkugel zu seiner Rechten bemerkt, die mit rotem Schweif verglühte, er wäre umgekehrt, hätte einen anderen Weg zum Don gesucht. Aber ohne diese Warnung wahrzunehmen, wanderte er weiter, überkletterte einen Zaun (Was soll ein Zaun in dieser Einsamkeit?) und löste um drei Uhr siebzehn die mit dem Zaun verbundene elektrische Warnanlage im ersten Sperrkreis aus.

Da wird wieder ein Rehbock über die Sperrzäune gegangen sein. Der diensthabende Offizier verständigte den Wachbunker des zweiten Sperrkreises und schickte eine Streife aus.

Wanja ahnte nicht, daß vor ihm in der Bunkerstadt die Telefone schrillten, daß die Wolfschanze bereit war, den kleinen Wanja aus

Rußland zu empfangen. Wie durch ein Wunder überquerte er das Minenfeld, ohne daß es ihm die Beine vom Leibe riß. Nur die getarnten Bunker, die von Titanenhand in den Wald gewürfelten Klötze, entdeckte er im Halbdunkel zu spät. Sie fielen ihm erst auf, als eine Stimme nach der Parole fragte. Was sollte Wanja darauf antworten? Er war auf eine solche Frage nicht vorbereitet, hatte keine Ahnung von der Parole, die in dieser Nacht in Deutschland galt. Auch irritierte ihn das helle Licht der Scheinwerfer, das plötzlich über dem Zaun des zweiten Sperrkreises aufflammte, ihn heftig anstrahlte, als wollte ihn die Kraft des Lichtes umwerfen. Er vergaß sogar, sich flach auf den Boden zu werfen, im jungen Farnkraut Platz zu nehmen und den Kopf einzuziehen. Wanja stand einfach da, im hellsten Lichterglanz, schaute seinen dreckigen Mantel an, nahm (warum eigentlich?) die Russenmütze vom Kopf, als wolle er einen freundlichen Gruß hinüberwinken.

Um drei Uhr fünfundzwanzig ein Feuerstoß aus einer automatischen Waffe. Wanja ließ die Russenmütze fallen, legte sich unter die jungen Eichen zwischen dem ersten und zweiten Sperrkreis. Sein Mantel war jetzt völlig hinüber. Die Knöpfe hatten schon vorher gefehlt, nun war er auch noch durchlöchert. Nein, mit einem solchen Mantel kannst du nicht zum Don reisen, Wanja! Fahrt nur allein, ihr friedlichen Flußschiffer. Wanja läßt schön grüßen. Er war zu Besuch in Deutschland.

Die Ratten

Es ist ein dummes Gerücht, daß ein Krieg nur Unheil über die Dörfer bringt. Wenn du das Grauen ein bißchen kitzelst, zeigt es seine heiteren Seiten. Für Kalischken jedenfalls hatte das Ringen um Sein oder Nichtsein neben Todesanzeigen und abgeschossenen Gliedmaßen auch Belustigendes übrig. Mittendrin, als die Führung merkte, daß dieser Krieg nicht mit einem Paukenschlag zu gewinnen sei, erfand sie den Spruch vom Durchhalten . . . Und damit fing das Horten von Lebensmitteln an. Wie ein Hamster verscharrte Großdeutschland seine Beute aus den eroberten Teilen der Welt, vergrub die Vorräte unter und über der Erde. Eine solche Schweinerei wie 1918, als die Heimat hungerte und vor Hunger Revolution machte, sollte es nie wieder geben. Aber was die Ukraine, Dänemark, Holland und Frankreich abwarfen, war nicht genug für das ganz lange Durchhalten. Deshalb mußte Kalischken einspringen, das Gut und die Bauern. Sie lieferten ab, was auf den Feldern gewachsen war, und taten es gern, weil es gut war für Deutschland und gut für den eigenen Geldbeutel. Denn Deutschland zahlte prompt und reichlich. Schon im Oktober meldete Bauernführer Wittke der Kreisleitung, Kalischken habe sein Ablieferungssoll an Eiern, Milch, Kartoffeln und Getreide erfüllt. Ein erhebendes Gefühl: das kleine Kalischken war nicht unwesentlich am Endsieg Deutschlands beteiligt!

Bis dieses Malheur mit den Ratten passierte. Sie hatten sich gegen die Vorratshaltung des Deutschen Reiches verschworen und überschwemmten Keller, Scheunen und Speicher in einer Weise, die nicht mehr geduldet werden konnte. Sie kamen vom Teich, wühlten die Komposthaufen um, peesten über aufgeschüttete Roggenberge, knabberten in ihrer Gier Kartoffeln an, fraßen Löcher in die Dielen und ließen beständig das schöne Getreide im Erdreich versickern. Und wer am Sonntag auf der Dorfstraße entlangspazierte, traf bestimmt ein paar dieser Biester mit Zageln so lang wie Besenstiele. Eine biblische Plage.

Was ist da zu machen? So etwas kann sich das Großdeutsche Reich nicht gefallen lassen. Für diejenigen, die es nicht mehr wissen, sei es hier wiederholt: Zu jener Zeit wurde der Feind im Innern genau so ernst genommen wie der äußere Feind. Deshalb erschien im Kreisblatt eine Verordnung über den Kampf gegen die Rattenplage. In diesem Krieg, in dem es ums Überleben Deutschlands ging, mußte alles, aber auch wirklich alles, was dem Sieg im Wege stand, vernichtet werden. Ihr armen Ratten! Es wird Zeit, das sinkende Schiff zu verlassen.

Bauernführer Wittke ließ die Verordnung in der Schule verlesen. Das waren noch Zeiten, als der Text einer amtlichen Verordnung Begeisterungsstürme im Klassenzimmer auslöste. Es lag vor allem an dem letzten Paragraphen, in dem es hieß, daß für jede totgeschlagene Ratte ein Dittchen gezahlt werde, abzuholen bei Bauernführer Wittke. Der arme Mann wäre zu keiner geregelten Arbeit mehr gekommen, hätte jedermann zu jeder Zeit mit toten Ratten an die Haustür klopfen dürfen. Deshalb stand in der Verordnung: Zum

Nachweis ist nicht die ganze Ratte, sondern nur der Rattenschwanz abzuliefern. Rattenschwänze werden gebündelt entgegengenommen, das Bündel zu zehn Stück. Annahme der Schwänze und Auszahlung der Belohnung jeweils am Sonntagmorgen zwischen neun und zwölf Uhr.

Anfangs stürzte sich alles auf das Rattengift, das im Krug verkauft wurde. Bis die Kinder merkten, daß es nichts einbrachte. Die Ratten fraßen das Gift, krochen in ihre unterirdischen Gänge und krepierten still vor sich hin. Keine Spur von einem Rattenschwanz. Der allein aber zählte. Nein, es mußten Rattenfallen her, für die Kellerlöcher und die Speicher, große Apparate, die die Jungs mit dem Fahrrad aus der Stadt holten.

Schlimme Dinge geschahen in Kalischken. Eine Oma trat in eine Rattenfalle und stürzte der Länge nach auf die Kellertreppe. Einem dreijährigen Mädchen soll es den Zeigefinger abgeschlagen haben. Sogar ein Pferd wurde von einer Rattenfalle am Huf verletzt und mußte, das ist nicht gelogen, mit einem Gnadenschuß von allen Schmerzen erlöst werden. Lieber Gott, war das ein Krieg gegen die Ratten!

Bald sprach es sich in den unterirdischen Gängen herum, daß schlechte Zeiten angebrochen waren. Der Feind räumte Kalischken. Die Rattenplage nahm ein jähes Ende. Damit aber auch der Geldsegen, den Bauernführer Wittke über die Kinder von Kalischken ausgeschüttet hatte.

Es traf sich gut, daß Wittke selbst einen mächtigen Rattenfänger in seiner Familie besaß. Das war sein dreizehnjähriger Sohn Arnim. Der stand immer unauffällig herum, wenn der Vater am Sonntagmorgen Rattenschwänze einsammelte und je Bündel eine Reichsmark auszahlte. Ihm entging auch nicht, daß am Schluß der Sprechstunden die vereinnahmten Rattenschwänze auf den Misthaufen geworfen wurden . . . weg waren sie! Nach Einbruch der Dunkelheit dammelte der Bengel, um frische Luft zu schnappen, auf dem Hof herum, kam auch in die Nähe des Misthaufens und sammelte an Rattenschwänzen ein, was er greifen konnte. Wickelte die Schwänze in Zeitungspapier und trug sie am nächsten Morgen in die Schule. Fünfzig Pfennige nahm er für ein Zehnerbündel, ein anständiger Preis, wie jeder zugeben muß. Am nächsten Sonntag erschienen die gleichen Rattenschwänze wieder in der Sprechstunde des Bauernführers Wittke, wurden ordnungsgemäß bezahlt, wanderten anschließend auf den Misthaufen. Ein endloser Kreislauf.

So kam es, daß in jenem Herbst an die fünftausend Ratten in Kalischken getötet und ihre gebündelten Schwänze vom Deutschen Reich bezahlt wurden. Wieder einmal war das kleine Dorf ein Vorbild für alle. Und im Kreisblatt hieß es, die Rattenfänger von Kalischken hätten sich um Großdeutschland verdient gemacht.

Der Wahrheit eine Träne

Eine merkwürdige Begebenheit trug sich im Oktober 1944 zu, in jenen Tagen, als das ostpreußische Städtchen Goldap in feindliche Hand geraten war und die Herbstjagden der Rominter Heide von der Roten Armee abgehalten wurden. In dieser Zeit, in der jedermann, der sehen konnte, das große Loch im mittleren Abschnitt der Ostfront erblickte, kam Müller Keddigkeit in strahlend brauner Parteiuniform nach Kalischken, um Hitlerjungen zu verabschieden, die zum Schippen an den Ostwall fuhren. Die Verabschiedung fand statt, wie es sich gehörte, in einer Feierstunde im Krug von Kalischken. Und es kamen alle, die sich wunderten in jenen Herbsttagen des Jahres 1944, um von dem Müller zu hören, wie es steht um das große Loch im Osten.

Vor Jahren war Keddigkeit ein vernünftiger Mensch gewesen, der nur darauf geachtet hatte, die Mühlenflügel nach dem Wind zu drehen. Ein schweigsamer Mensch obendrein, der sich damit abgefunden hatte, sein Leben in der Einsamkeit des Mehlstaubes zu beschließen. Das Rumoren der Mühlsteine, das Knarren im Gebälk, das Heulen des Windes in den bespannten Flügeln hatten den Müller verstummen lassen . . . bis ihn eine innere Stimme von den Mehlsäcken rief. Er streifte den grauweißen Müllerkittel ab und bekam ein neues Kleid: strahlendes Braun. Nun brauchte er nicht mehr mit dem nassen Finger zu prüfen, woher der Wind wehte. Müller Keddigkeit reiste fortan mit dem Wind. Der fuhr im Lande hin und her, und jedermann wunderte sich, wie dieser schweigsame Mann plötzlich über Führer und Vaterland reden konnte, von Treue und Opfergeist sprach und den Menschen die Wahrheit erzählte, die Wahrheit über Deutschland.

Wie viele schon bemerkt haben werden, ist die Wahrheit etwas Unsichtbares. Sie gleicht dem Wind, der die Mühle bewegt und der mal von hier weht und dann von dort. Du kannst sie nicht greifen, die Wahrheit. Im Herbst 44 hatte sie sich völlig verkrochen, lauerte in irgendeinem Sumpf oder undurchdringlichen Waldstück auf ihren Auftritt und ließ die Zeit für sich arbeiten. Wenn du dich lange mit den höheren Dingen beschäftigt hast wie Müller Keddigkeit aus Kalischken, merkst du bald, daß es mehrere Wahrheiten gibt. Wahrheiten für die armen Leute, Wahrheiten für die Herren der Güter und Wahrheiten für die Bauern. Für Mütter gibt es, nebenbei bemerkt, besonders schöne Wahrheiten. Soldaten haben ihre eigene Wahrheit und natürlich auch die Hitlerjungen, die Müller Keddigkeit im Krug von Kalischken verabschiedete.

«Der Ostwall, den die deutsche Jugend baut, ist unüberwindlich!» schrie Müller Keddigkeit in den verräucherten Saal. «Wir lassen keinen rein in unser heiliges Deutschland!»

Oh, das klang gut, das gab Vertrauen und beruhigte.

«Vor ein paar Tagen sprach ich mit dem Führer», fuhr Keddigkeit in sanfterer Tonlage fort. «Seid nur ganz ruhig, ihr da in Kalischken, hat der Führer gesagt. Ich habe noch große Reserven. Im Frühjahr, wenn die Klapperstörche kommen, greifen wir an und fegen die ganze Blase auseinander. Wahrhaftig, so hat der Führer zu mir gesprochen.»

Im Krug von Kalischken begannen die Augen zu leuchten. Sie richteten sich auf das Bild des Führers an der gegenüberliegenden Wand. Die letzten Zweifel zerstoben und entwichen mit dem Tabaksqualm durch die angelehnte Krugtür.

Nach der Rede verabschiedete Müller Keddigkeit die angetretenen Jungen mit Handschlag. Und jedem fest ins Auge geblickt, damit er etwas mitbekommt von der Siegeszuversicht und dem Glauben an den Führer. Das strengt an. Das schlägt auf die Augen. Zum Schluß sagte einer der Jungen das Gedicht auf, dessen Refrain mit dem schönen Satz endet: «Deutschland muß leben, und wenn wir sterben müssen!»

Sie marschierten ab in den tröpfelnden Herbstregen. In zackigem Gleichschritt. Nein, nicht gleich zum Ostwall. Erst nach Hause in Mutters warme Stube. Morgen wird ein Lastwagen kommen, um sie abzuholen zum Erdeaufwühlen. Wie gesagt, es war die Zeit, in der in Goldap Straßenkämpfe tobten und die Hirsche im Niemandsland der Rominter Heide ihre einsamen Brunftschreie ausstießen.

Kaum war die Jugend abgezogen, wurde es gemütlich im Krug, sofern bei dem dünnen Bier und den zur Neige gegangenen Schnapsvorräten überhaupt noch von Gemütlichkeit gesprochen werden konnte.

«Das hast du gut gemacht, Keddigkeit», sagte der Krugwirt und klopfte dem Müller auf die Parteiuniform. Die alten Männer in der Runde nickten zustimmend. «Ja, er hat gut gesprochen, so richtig mit dem Herzen.»

Müller Keddigkeit winkte müde ab. Er wollte daran nicht erinnert werden. Denn hier am runden Schanktisch im Krug von Kalischken wurde er wieder ganz der alte Müller Keddigkeit. Mit dem konntest du über die Rübenernte sprechen, über Ferkelzucht und Kinderkriegen, auch über das Fischesterben im Poggenteich und andere schlimme Vorkommnisse. Das Feuer in seinen Augen war erloschen, das brannte nur, wenn es um Deutschland, um Leben und Tod ging, wenn er auf dem Podium stand, das Führerbild vor Augen, wenn er mit den Händen im Halbdunkel herumfuchtelte, um die Wahrheit zu greifen.

Wie er so dasaß, der Müller, und ein Bier nach dem anderen trank, den Kopf vornübergeneigt, die Arme auf der Brust verschränkt . . . Da fängt der Mensch doch tatsächlich an zu weinen! Läßt die Tränen über die Backen rollen, auf den braunen Rock kleckern, hört nicht auf, die Tischplatte anzufeuchten, weint vor sich hin, wie die Frauen morgen weinen werden, wenn sie den Hitlerjungen nachwinken.

Na, was ist mit dem los? Der denkt wohl noch immer an seine Mühle, in der jetzt ein anderer mahlt. Ach, Keddigkeit würde viel drum geben, wenn er zurückkehren könnte in die Einsamkeit des Mehlstaubes. Auf den Säcken liegen und dem Rumoren im Gebälk lauschen. Ein gemütliches Plätzchen, so eine Windmühle.

Hör mal zu, Keddigkeit. In Kalischken dürfen Männer nicht weinen! Hast du kranke Augen? Kommt es davon, daß die Jungen dich so gläubig angesehen haben?

Und diese Einsamkeit in der Mühle. Niemand erteilt dir Befehle. Du brauchst nur auf den Wind zu achten, der mal so weht und mal so.

Ja, es wird viel Wind geben in nächster Zeit. Ostwind vor allem. Er wird sich zu einem Sturm aufblasen und dir die Flügel abreißen, Müller Keddigkeit.

Aber ist das ein Grund zum Heulen? Die alten Männer von Kalischken haben nicht herausgefunden, warum der Müller an jenem Abend das Ehrenkleid des Führers mit Tränen besudelte. Er ist ein seltsamer Mensch geworden, dieser Keddigkeit.

Das Engelmannke

In Kalischken brauchte die Liebe einen langen Anlauf. Arbeit und Regenwetter hielten sie auf. Sie mußte über Gräben springen, und im Winter standen ihr die Schneeschanzen im Wege. Lange Zeit sahst du sie nur von weitem, die Liebe. Und manchmal war sie ganz verschwunden. Aber trotz aller Widrigkeiten: es gab sie! Gelegentlich bekam sie einen richtigen Rappel und überfiel die Menschen mitten in der Arbeit wie ein Fieberschauer. Aber meistens kam sie geruhsam daherspaziert und nistete sich ein, wo die Liebe Platz zu nehmen pflegt, im Herzen nämlich.

Schon im letzten Schuljahr bekam Mariechen immer verschwommenere Augen, sah nicht mehr die Sommersprossen auf der Nase und das pickelige Kinn, sondern nur noch *ihn*. Der saß vor ihr in der Bankreihe, manchmal stand er auch und sagte stockend ein Gedicht auf. Klaus hieß er und war gerade fünfzehn Jahre alt. Ihm ging es nicht besser. Wenn ihm Mariechen auf dem Schulweg begegnete, befiel ihn die Blindheit. Er sah nicht die leicht gekrümmten O-Beine, auch nicht die vorstehenden Schneidezähne, sah nur noch *sie*.

Aber sie sprachen nicht miteinander. Mariechen blickte scheu zur Seite, wenn sie ihn traf. Klaus knallte laut mit der Peitsche, wenn er mit dem Rübenwagen vorbeifuhr. So schlich sich die Liebe in Kalischken an die Menschen heran, umkreiste sie vorsichtig, verstrickte sie immer tiefer in ihre Taue. Aber wenn sie es so weit gebracht hatte, machte sie eine lange Pause, ließ die in ihren Fäden Verfangenen ein Weilchen zappeln.

Du mußt warten, bis es ein Fest gibt. Das ist eine Gelegenheit, dicht bei ihr zu stehen, vielleicht auch flüchtig ihre Hand zu berühren. Wenn du großen Mut hast, holst du sie zum Tanzen. Fünf Minuten hast du sie allein für dich mit ihrem heißen Atem, dem geröteten Gesicht, dem verlegenen Lachen und dem feinen Schweißgeruch, gemischt aus Kuhstall und grüner Seife. Nein, trinken will sie nicht. Sie hält auf Anstand. Auch ins Dunkle geht sie nicht mit dir. Wenn der Saal wild wird, nimmt die Mutter sie an die Hand und geht nach Hause. Aber an der Saaltür dreht sie sich flüchtig um, lächelt durch die verräucherte Luft, lächelt für dich allein. Das ist der Augenblick, wo die Liebe einen dicken Knoten geknüpft hat. Von da ab gibt es kein Entrinnen mehr.

Die Zeiten waren schlecht für Mariechen und Klaus, weil die Feste ausfielen. Allein der Teufel ließ noch tanzen und aufspielen. Gelegenheit zum Treffen gab es nur auf Beerdigungen und bei den stillen Trauerfeiern für die Gefallenen des Krieges. Die Liebe machte Pause.

Bis jener Brief kam, der den inzwischen sechzehn Jahre alten Klaus aufforderte, einen feldgrauen Rock anzuziehen, um in jene Richtung zu marschieren, in der die Welt laut war und wo die Liebe schon längst Reißaus genommen hatte. An dem Tage geschah etwas Ungewöhnliches in Kalischken, nur zu erklären mit den besonderen Umständen dieser aufwühlenden Zeit, die alle überkommenen Regeln auf den Kopf stellte. Als die Dunkelheit hereinbrach, nahm Klaus den Brief und ging die Dorfstraße abwärts, legte sich hinter der zugigen Scheune auf die Lauer und wartete, bis Mariechen vom Melken kam.

«Sieh mal, was ich bekommen habe», sagte er und reichte ihr den Brief. Zum erstenmal standen sie sich allein gegenüber, und das sogar im Dunkeln.

«Nun werde ich bald Soldat, aber richtig lieb hast du mich noch nicht gehabt.»

Sie versuchte zu lachen, um nicht weinen zu müssen.

«Komm, wir hucken uns in den warmen Stall», sagte er. «Wir wollen darüber sprechen, wie es mit uns beiden werden soll, wenn der Krieg vorbei ist.»

Sie war wie betäubt. Sie folgte ihm ohne Widerstand. Als sie die Stallaterne anzünden wollte, pustete er das Streichholz aus. Er griff sie und trug sie auf den Heuhaufen, der am nächsten Morgen an die Kühe verfüttert werden sollte. Zum erstenmal hielt er sie richtig umschlungen. Sie hatte fettige Hände. Sie roch nach frischer Kuhmilch. Und ihre Schürze war naß, der Rock klebrig. Aber so mochte er sie, ihre scheue Zärtlichkeit, ihre linkischen Bewegungen, die Wärme ihres Körpers.

«Wir sind doch viel zu jung», flüsterte sie.

«Ich werde morgen Soldat und du sagst, wir sind zu jung!»

«Mein Gott, laß dich bloß nicht totschießen!» sagte sie, als er über ihr lag.

Diese gemütliche, feuchte Wärme des Kuhstalls. Das Klirren der Kuhketten. Das mahlende Geräusch des Wiederkäuens. Knisterndes Stroh. An der Tränke gluckerte das Wasser. Kuhställe sind eine große Geborgenheit, ein Ort, um über früher und später zu sprechen.

Sie lagen erschöpft im Heu, noch immer umschlungen.

Draußen lief die Mutter über den Hof. Mein Gott, wo blieb das Kind?

Mariechen wollte aufspringen, aber er hielt sie zurück. Wer weiß, wann wir wieder zusammen sind?

Sie wühlten sich tiefer ins Heu, die Rufe von draußen wurden leiser. Die Mutter wird ins Dorf laufen, um ihr Kind zu suchen.

«Fahren Soldaten viel mit der Eisenbahn?» fragte Mariechen.

«Ja, das kommt schon vor.»

«Du mußt mir versprechen, niemals in den ersten Wagen einzusteigen!»

Mariechen hatte große Angst vor den Zügen, die an die Front fuhren, durch unberührte Wälder fuhren, auf Minen fuhren oder zusammengeschossen liegenblieben.

«Und wenn du verwundet bist, kommst du nach Hause, damit ich dich pflegen kann.»

Wer wird denn gleich an so etwas denken? Aber er versprach es ihr. An diesem Abend versprach er alles, während sie allein mit den Kühen waren, stundenlang allein.

Er könnte nun bald schreiben, dachte Mariechen, als er zwei Monate fort war. Aber ein Krieg entschuldigt alles. Manchmal hast du keine Zeit zum Schreiben vor lauter Krieg. Seine Mutter hatte auch noch keine Nachricht.

Und er schrieb auch nicht im vierten Monat, als jedermann im Dorf wußte, daß Mariechen schwanger war.

«Wie konnte er dir noch schnell ein Kind machen?!» sagte Mariechens Mutter vorwurfsvoll. «Gott läßt seiner nicht spotten! Auch in Kriegszeiten hast du dich zu schicken, mußt warten, bis die Zeit gekommen ist.»

Dieser Gott scheint sehr streng zu sein, dachte Mariechen. Sie hoffte nur, der Allmächtige werde nicht in jener Gegend zu tun haben, in der der Vater ihres Kindes sich Mühe gab, den feindlichen Kugeln auszuweichen. Auch eine schnelle Kriegstrauung – das hätte die Mutter sehr beruhigt – war nicht möglich, denn niemand wußte, wo sich der Bräutigam herumtrieb, in welchem Winkel des brennenden Europas er sich in die Erde gegraben hatte, ob er überhaupt noch lebte.

«Ja, die Liebe macht schöne Kinder», sagten die alten Weiber, als sie den Bengel besichtigten, den Mariechen auf die Welt gebracht hatte. Ein pausbäckiges Kind. Man könnte stolz darauf sein . . . Nur hatte es leider keinen richtigen Vater. Es erhielt seinen Namen nach einem der Großväter. Er tut hier nichts zur Sache; denn Mariechen nannte das kleine Lebewesen, wenn sie mit ihm allein war, wenn sie in die Flaumhaare seines Kopfes pustete, wenn das Kind quer über ihrer Brust lag und sich festsaugte, dann nannte sie es Engelmannke.

«Warte nur, Engelmannke, bald kommt der Briefträger und bringt uns Post von deinem Vater.»

«Trink nur, Engelmannke, damit du groß und stark wirst wie dein Vater.»

Gewiß wäre eines Tages eine Nachricht gekommen. Aber im Januar 45 wurden die Briefe nach Kalischken unzustellbar. Unbekannt verzogen. Die Empfänger hatten sich auf die Reise begeben. Das Engelmannke bekam ein rundes Nest in der Mitte eines Planwagens. Es hatte genug zu essen und zu trinken, und während draußen der Wind in den Chausseebäumen heulte, an den Pferdemäulern der Rauhreif hing, war es erträglich warm in Engelmannkes Nest. Mariechen kauerte bei ihm und pustete warmen Atem gegen die kleine Nase. Was will ein Kind noch mehr? Bis zum Ende der Welt hätten sie fahren können, in den Frühling fahren können, den Zugvögeln entgegen . . .

Aber dann kam jener Morgen. Mariechen hatte dem Kind die Brust gegeben, es in sein Nest gepackt, saß daneben und sang das Engelmannke in den Schlaf, wie man unwissende Kinder in den Schlaf singt . . . Weißt du, wieviel Sternlein stehen . . .? Der liebe Gott hat sie alle gezählt. Da brach ein Lärm los, der die Pferde scheuen ließ. Es donnerte schlimmer als in den masurischen Gewittern, und die Leuchtspurmunition aus den Bordkanonen huschte durch die Baumkronen, tanzte von Ast zu Ast, riß mächtige Löcher in die Plane, wirbelte den Schnee hoch, warf ein Pferd quer auf die Straße, traf es voll in den Sielen. Ließ sich nicht aufhalten von dem Geschrei der Menschen unter der Plane . . . Zog eine Schleife am Himmel und kehrte wieder . . . Weißt du, wieviel Sternlein . . .? Ja, natürlich, die Leuchtspurmunition, du siehst sie wie Sterne auf dich zukommen.

Ein Wunder, daß alle am Leben blieben. Nur das Engelmannke, diese Handvoll Mensch im warmen Nest, war getroffen, war lautlos gestorben, während der Lärm am Himmel verebbte. Wo war er nur, der liebe Gott, der sie alle gezählt hatte, die kleinen Engelmannkes?

Ein gesundes Pferd besorgen und dem Kind ein Grab schaufeln. Das war jetzt zu tun.

«Wer weiß, wozu es gut ist?» sprach Mariechens Mutter mit Tränen im Gesicht, als sie das kleine Bündel neben dem Straßengraben verscharrten. «Das arme Kind hatte doch keinen richtigen Vater . . .»

Weihnachten 44

Heiligabend in Kalischken. Da hat man sich ein weißes Bettlaken vorzustellen, aufgehängt zwischen dem Waldrand im Norden und den Chausseebäumen im Süden, ein Laken aus weichem Pulverschnee. In der Mitte schwarze Löcher, die Häuser, Scheunen und Holzschuppen. Schon um die Mittagszeit qualmen die Schornsteine, bruzzelt und schmirgelt es in der Küche. Das Eis taut von den Fenstern, gibt den Blick frei über das weiße Laken, über Hasenspuren und Krähenschwärme. Die Gespanne kommen früher aus dem Wald. Die Gutsbimmel läutet um zwei Uhr nachmittags Feierabend, hört sich an wie «Vom Himmel hoch», aber du mußt schon genau hinhören. Auf dem Teich keine Kinder. Auch keine russischen Aufklärer am Weihnachtshimmel. Die Militärkolonnen auf der Chaussee blieben aus. Sogar der Krieg machte Pause. Er schickte Bauer Willamowski auf Heimaturlaub nach Kalischken, weil Weihnachten war und der Frau zuliebe. Na, wenigstens etwas.

«Das wird das letzte Weihnachtsfest sein», meinte die Frau beim Mittagessen.

«Weihnachten gibt es immer wieder», antwortete der Obergefreite Willamowski.

«Nur nicht in Kalischken», flüsterte die Frau.

Es roch – nein, nicht nach Pfefferkuchen und Bratäpfeln – es roch ganz einfach nach Wurstsuppe, stark durchsetzt mit Majoran, gemischt mit dem frischen Duft einer Fichte, die in der guten Stube darauf wartete, heiliggesprochen zu werden.

«Wir dürfen den Kindern keine Angst machen», sagte der Obergefreite Willamowski (denn es genügt, wenn die Erwachsenen zittern!) und kratzte mit dem Daumen einen Suppenfleck vom deutschen Hoheitsadler der Uniformjacke. Dabei sah er die Kinder an, die vor den leeren Tellern sitzengeblieben waren.

«Irgendwie geht es immer weiter.»

Die Frau hatte versprochen, mit den Kindern den Baum zu schmücken. Aber vorher ging sie den Schweinen die Tröge füllen, die Kälber tränken. Vermutlich strengte sie das zu sehr an, denn sie kam vor der Zeit ins Haus, ging in die Schlafstube und legte sich hin.

«Sie ist ein bißchen krank», sagte Willamowski zu den Kindern. In der Schimmerstunde, als die abgetauten Fenster wieder befroren, spannte er die Pferde vor den Schlitten. Ihre Leiber dampften, aus den Nüstern schoß mit jedem Atemzug eine weiße Wolke. Neben dem Kutschersitz baumelte eine abgedunkelte Laterne.

«Ihr könnt den Baum schmücken, während ich den Weihnachtsmann hole», rief er den Kindern bei der Abfahrt zu.

Das hatte es noch nie gegeben: den Weihnachtsmann abholen! Waren dem Weihnachtsmann die Kräfte ausgegangen? Konnte er nicht mehr ohne Pferdeschlitten durch die Schneelandschaft stapfen? Fürchtete er sich vor Partisanen und Tieffliegern? Kriegsweihnacht 44: dem Weihnachtsmann ging die Puste aus!

Es war Nacht, als Willamowski zurückkehrte. Die Heilige Nacht schon angebrochen, schon halb verbraucht. Im Torweg das Stampfen der Hufe. Draußen Stimmen. Die festgefrorene Tür sprang auf. Eintreten. An den Füßen klebte Schnee. Ein eisiger Luftzug schoß in den Raum. Mit dem Obergefreiten Willamowski betrat eine kleine

Gestalt die gute Stube, sah anders aus als alle Weihnachtsmänner, die je nach Kalischken gekommen waren. Ohne Bart. Eine Brille auf der Nase. Pelzmütze und Ohrenschoner. Der Weihnachtsmann warf keinen Blick auf den leidlich geschmückten Tannenbaum, trug statt eines Sacks nur eine handliche Ledertasche bei sich. Von Gedichten wollte er nichts wissen, schien auch nicht ans Prügeln zu denken, sondern ging ohne Umschweife in die Schlafstube.

Willamowski kümmerte sich um die Pferde. Als er ins Haus kam, stellte er sich an den Ofen, um die Hände zu wärmen. Weihnachten wollte noch immer nicht beginnen.

Bis endlich der fremde Mann aus der Schlafstube trat. Er nahm die Brille ab, rieb die Gläser mit dem Taschentuch blank:

«Es ist gutgegangen. Die Kinder werden sich freuen.»

Er stellte sich neben den Baum und pustete in die Strohsterne, so daß sie zu tanzen begannen.

Der Obergefreite Willamowski hatte inzwischen die Schlafstube erreicht.

«Wollt ihr mal sehen, was uns der Weihnachtsmann gebracht hat?» Er ging mit der brennenden Kerze voraus. Die Frau lag im Bett. Neben ihr ein krabbelndes Bündel mit gekräuseltem Haar.

«Das ist eure Schwester», sagte er.

Mein Gott, ein richtiges Christkind! Mit dicken Wurstfingern und roten Plusterbacken. Und das am Heiligabend.

Der Fremde saß im Sessel, rauchte Zigarren und trank heißen Grog, während die Lichter am Baum flackerten und leckten. Keine Friedensware mehr, diese Tannenbaumkerzen. Durch die geöffnete Zimmertür konnte die Frau von ihrem Bett aus die Lichter zählen: Fünfzehn flackernde Kerzen.

Gegen Mitternacht fuhr Willamowski den Fremden zurück in die Stadt. Die Kinder fuhren mit, saßen unter der wärmenden Pferdedecke und suchten am Himmel den Großen Bären.

«Wie lange haben Sie noch Urlaub?»

«Bis Neujahr 45.»

«Bald gibt es nur noch Urlaub», murmelte der Fremde.

«Fahren wir im nächsten Jahr wieder mit dem Schlitten den Weihnachtsmann suchen?» fragte das Kleinste, das endlich den Großen Bären gefunden hatte.

«Wer weiß, was im nächsten Jahr ist?» brummte der Obergefreite Willamowski.

«Nicht in jedem Jahr wird ein Christkind geboren», meinte der Fremde.

Wie recht er hatte! Richtige Christkinder gibt es sehr selten, in Kalischken zuletzt Weihnachten 44.

Der Flügel

Stadtmenschen erben gelegentlich Rittergüter, baufällige Schlösser, heruntergekommene Bauernhöfe, Wälder oder versauerte Wiesen. Aber umgekehrt gibt es wenig zu erben. Oder wer hat jemals davon gehört, daß ein Tagelöhner aus Masuren ein Bürohaus am Königsberger Steindamm, ein kleines Geschäftchen in Allenstein oder, um bescheiden zu bleiben, die Eisenbahn nach Cranz an der Samlandküste geerbt hätte?

Doch im Sommer 44 ereignete sich in Kalischken ein solches Wunder, als Deputatarbeiter Schuski einen Menschen aus Königsberg beerbte. Die Erbschaft stand plötzlich, mitten in der Roggenernte, vor Schuskis Haustür. Unangemeldet und zu unpassender Zeit. Hatte sich auf einem Möbelwagen aus dem Staub gemacht, bevor in Königsberg die Möbel Feuer fingen, und begehrte Einlaß im ruhigen Kalischken.

«Der Schuski ist ein reicher Mann», sagten die Leute, als sie den Möbelwagen, mächtig wie eine Roggenfuhre, vor dem Haus stehen sahen. Aber es kamen nur zwei Ohrensessel zum Vorschein, eine wurmstichige Kommode, ein halbes Dutzend Stühle, ein rundes Tischchen, eine Standuhr von einigem Gewicht, ein Männerarm voller Sofakissen und ein abgegriffener Lederkoffer mit Silberlöffeln, Messern und Gabeln, die Schuski sogleich an seine Kinder verteilte, damit sie im Sand buddeln konnten. Als letztes erschien ein schweres Ungetüm vor Schuskis Haustür, schwarz und mächtig. Was mochte das sein?

Als der Möbelwagen davongebraust war und die Erbschaft im geräumigen Flur des Hauses Schuski Platz genommen hatte, schickte der glückliche Erbe seine Frau in die Küche und schloß hinter ihr die Tür. Er wollte allein sein mit seinem Reichtum. Bedächtig umkreiste er den schwarzen Gegenstand, klopfte an das Holz, kroch nach unten, spielte mit den zahllosen Drähten, die da herumhingen, und löste jenen dumpfen Ton aus, der ihn erschreckte, zugleich aber auch mit Freude erfüllte.

Das Ungetüm war nichts anderes als ein richtiger Flügel, 1912 in Schwerin gebaut, von dort über Land gezogen bis nach Königsberg, rechtzeitig vor den Bomben ausgerückt . . . und jetzt in Kalischken eingekehrt. Schuski legte seine groben Hände auf die Tasten, begann zu klimpern. Aber was heißt hier klimpern? Das glich dem Donnergrollen über den masurischen Seen. Die Frau kam aufgeregt aus der Küche, die Kinder standen ehrfurchtsvoll in der Haustür: Deputatarbeiter Schuski besaß einen Flügel!

Kalischken hätte zeitig genug von dem schwarzen Ungetüm erfahren. Aber Schuski beschleunigte die frohe Nachricht, indem er Fenster und Türen aufriß, sich auf eine Holzkiste setzte und mit den dicken Fingern so heftig auf die Tasten drosch, daß die Töne erschreckt das Weite suchten, aus dem dunklen Flur flohen, über den Anger schwebten und in den Hütten Zuflucht suchten. Was ist das für eine Musik!?

Wer Kunstverstand besaß in Kalischken, pilgerte zu Deputatarbeiter Schuski. Die Aushilfslehrerin sang das Ave Maria und begleitete sich selbst auf dem Flügel. Viehhändler Dombrowski, ein rechthaberischer Mensch, zählte die schwarzen und weißen Tasten, stritt mit Schuski über die Zahl der Töne, die so ein Apparat wohl hergeben könnte. Bald meldeten sich Dorfbewohner, die bei Schuski Klavierunterricht nehmen wollten. «Kommt nur», sagte Schuski. Er erklärte ihnen, wo die tiefen und hohen Töne saßen, dann ließ er sie spielen. Bei diesen Vorstellungen liefen die Hühner verstört aus dem Flur. Die Schwalben wagten sich nicht mehr zurück zu ihren Nestern über der Haustür. So gewaltig war der Andrang. Und Schuski wurde ein berühmter Mann.

Aber auch die größte Leidenschaft kühlt eines Tages ab. Als der Herbstregen einsetzte, als Schuski des Windes und der nassen Kälte wegen die Haustür schließen mußte, kein Tageslicht in den Flur drang und die Töne nicht mehr ihren Weg nach draußen fanden, da nahm auch die Kunst ein Ende. Der Flügel dämmerte vor sich hin, die Hühner gewannen wieder die Oberhand in Schuskis geräumigem Flur, trippelten über das gute Holz aus Schwerin, legten ihren Dreck wahllos auf die schwarzen oder weißen Tasten, wie es ihr Hühnerverstand ihnen gerade eingab.

Weihnachten war die letzte Vorstellung. Die Lehrerin spielte, nachdem sie Staub und Hühnerdreck von dem Instrument gewischt hatte, «O Tannenbaum» für das eingeschneite, verschlafene Dorf.

Danach blieb der Kasten stumm. Schwieg bis in den späten Januar hinein, als Schuski seine Sachen packte. Ach, er hätte das wertvolle Stück gerne mitgenommen ins Reich, am besten zurück nach Schwerin. Aber so ein Ungetüm paßt auf keinen Leiterwagen. Es ist auch nicht in Teile zerlegbar. Nein, Schuski mußte den Flügel in Kalischken lassen, allein mit den Hühnern und Karnickeln. Sieh zu, wie du durchkommst, du kostbares Erbstück.

Zwei Stunden später kam die deutsche Nachhut durch das Dorf, eine Handvoll müder Männer in Tarnanzügen.

«Sieh mal, da steht ein Klavier!» rief einer im Vorübergehen. Ein junger Leutnant blieb stehen, wunderte sich, was so ein mächtiger Flügel in dem unscheinbaren Kalischken zu suchen hatte. Fand noch Zeit, einen Schemel aus der Küche zu holen, und spielte – im Nachbardorf brannte es schon – «Ich weiß, es wird einmal ein Wunder geschehen».

Wenn das der Schuski gehört hätte. O Zarah Leander!

«Es wird Zeit!» brüllte der Soldat von der Straße, aber der Leutnant spielte noch die zweite Strophe. Und ihm wären sicher noch ein paar Melodien aus der Tanzstunde eingefallen, aber da flog eine Granate über die Baumwipfel, schlug auf dem Anger von Kalischken ein und wirbelte Grassoden in die Luft. Behutsam wischte der junge Leutnant mit dem Taschentuch über die Tastatur, klappte den Deckel zu . . . Ja, es wurde Zeit.

Nun aber wirklich Niemandsland. Der Flügel allein mit den Haustieren. Gut zwei Stunden. Dann zog gegen Abend die Rote Armee in Kalischken ein. Steckte, weil es schon schummerig wurde, zur Beleuchtung ein Haus an, begann damit, Stühle und Schränke in Einzelteile zu zerlegen, das Fensterglas auf seine Haltbarkeit zu prüfen und Schuskis Hühnern die Gurgel umzudrehen. Um ein Haar hätte auch der Flügel in dem Durcheinander dran glauben müssen. Aber da tauchte ein junger Offizier auf – es war wohl wieder ein Leutnant –, der Chopin über alles liebte. Er jagte die Soldaten und die noch lebenden Hühner aus dem Flur, nahm Platz auf jenem Schemel, auf dem vor ein paar Stunden die deutsche Nachhut gesessen hatte, und spielte Chopin-Etüden, während draußen das Feuer prasselte und die Karnickel um ihr Leben rannten.

Spielte ohne Noten, und wie der spielen konnte! Mitnehmen müßte man den Flügel. Nach Astrachan. Später, wenn Rußland gesiegt hat, wird er kommen, um den Flügel abzuholen. So einen Flügel findest du so leicht nicht wieder, Pjotr!

Nach diesem Abend blieb es für lange Zeit ruhig in Schuskis Flur. Kein Mensch besuchte Kalischken. In der Küche begann es zu stinken. Das Schmelzwasser leckte über die Schwelle und umspülte die Füße des stummen Instruments. Die toten Karnickel tauten auf und strömten Geruch aus. Die Schwalben kehrten zurück in den Flur. Aber niemand kümmerte sich um den Flügel.

Bis jener Militärlastwagen auftauchte, der die brauchbaren Überreste des großen Krieges einsammelte, um den Überlebenden eine Freude zu bereiten. Viel gab es in Kalischken nicht zu holen. Ein Sofa, das zufällig erhalten geblieben war, einen Kinderwagen, gepolsterte Stühle, einen Spiegel – in welchem Versteck hatte der überlebt? – und natürlich den Flügel des Deputatarbeiters Schuski. Er ging mit jenem Lastwagen auf die Reise, klapperte die stuckerigen Landstraßen ab. Immer mehr Gerümpel füllte den Wagen, bis der Flügel zugedeckt war mit dem, was nach einem großen Krieg für den Sieger übrigbleibt.

Tage um Tage fuhr das Mobiliar nach Osten, überstand Sonnenschein und Regen, war auch nachts unterwegs . . . bis die Fahrt in einem Schlammloch an der Rollbahn nördlich der Pripjetsümpfe endete. Hundert Kilometer Luftlinie vor der Stadt Bobruisk. Der Lastwagen saß im Dreck fest, konnte weder vorwärts noch zurück.

Also abladen. Die beiden Soldaten, die das Mobiliar bis in dieses Schlammloch begleitet hatten, warfen die Beute in die durchweichte Sumpflandschaft. Zuletzt mit ziemlicher Anstrengung auch den Flügel. Da stand er im Regen. Kein Vergleich mit der feuchten Dunkelheit des Schuskischen Flurs. Dieser bibbernde, zitternde, kalte Sumpf! Ein Flügel unter den tiefziehenden Wolken. Chopin am Rande der Pripjetsümpfe.

Immerhin, die Soldaten bekamen das Auto aus dem Schlammloch heraus. Luden alles wieder auf. Bis auf den Flügel. Sein Gewicht überforderte ihre Kräfte. Sie mußten Verstärkung holen, um den Flügel zu überwältigen.

Und so lange mußt du warten, du kostbares Möbelstück. Soweit war es gekommen. Allein unter dem grauen Himmel Weißrußlands. Die Regentropfen trommelten auf das schwarze Holz. Schwerin 1912. Weit herumgekommen bist du in diesen unruhigen Zeiten, um hier, fünfhundert Kilometer hinter Deutschland, im russischen Regenwetter zu enden.

Tatsächlich kehrte der Lastwagen zurück . . . Nach drei Tagen. Aber der Flügel war verschwunden. Er wird in eines jener unscheinbaren Dörfer gewandert sein, die fernab der Rollbahn am Rande des Sumpfes liegen. Oder er ist im Schlamm untergegangen, einfach so, wie ein Mensch im Moor versinkt.

Wo aber ist der Chopinspieler geblieben, der nach dem Sieg in Kalischken vorbeikommen wollte, um den Flügel nach Astrachan mitzunehmen? Sein Fernbleiben ist ausreichend entschuldigt: Er fiel beim Sturm auf Königsberg am 8. April 1945.

Das Schudelchen

Zum erstenmal sah ich das Tier während der großen Rast auf dem Schneeacker hinter Bartenstein. Steckte den Kopf aus einem Loch in der Wagenplane und bellte einen Menschen in Uniform an, der die Wagenreihen entlangging, um Helden zu suchen.

Von Rasse keine Spur. Der Hund war gezeugt worden, wie es der Zufall getroffen hatte, auf irgendeinem Dorfanger im Masurischen, vielleicht in Kalischken.

Ich blieb neben dem Wagen stehen.

«Wie heißt er?» fragte ich die Kinder, die mit ihm unter der Plane saßen.

Sie lachten verlegen, stießen sich an. Nein, er trug keinen Namen. Hieß einfach Schudel, wie alle namenlosen Hunde in diesem Land. Denn Namenlosigkeit ist ein großer Vorzug. Niemand kann dich rufen, und zu gehorchen brauchst du auch nicht. Wenn es dem Schudelchen Spaß machte, sprang es in den Schnee, rannte die Wagenreihen ab, besah sich die offenen Feuer, die hier und da brannten. Auch kam es vor, daß der Hund den Frauen das Kaffeewasser vom Feuer riß, wenn er sich durch das Gewühl der Kinder, Frauen, alten Männer, Pferdehufe und Wagenräder schlängelte. Nicht selten griff einer zur Peitsche (Du wirst hier lästig, mein

Lieber!). Dann lief das Schudelchen mit angelegten Ohren über den Acker, setzte mit mächtigem Sprung unter die Plane. Weg war er!

Es war nicht üblich, auf diese Reise in den Winter Hunde mitzunehmen. Sie sind zu nichts nütze, können keinen Wagen ziehen und sind auch zum Verzehr nicht geeignet. Im Gegenteil: die fressen das wenige auf, was du an Vorräten mit auf die Reise genommen hast.

«Ihr hängt wohl sehr an dem Schudel?» fragte ich das älteste der Kinder, ein Mädchen.

Es schüttelte den Kopf.

«Er ist uns zugelaufen. Wir gaben ihm etwas zu fressen, seitdem kommt er immer wieder.»

Mich überraschte der gleichgültige Ton. Hörte sich an wie: Da ist nichts zu machen. Totschlagen kann man das Tier ja nicht, deshalb lassen wir es mitfahren.

«Wie lange habt ihr ihn schon?»

«Eine Woche», sagte das Mädchen. «An einer Straßenkreuzung hatten die Tiefflieger einen Treck beschossen. Er saß mittendrin in den Trümmern. Als wir vorbeikamen, lief er hinter unserem Wagen her, war den ganzen Nachmittag über zwischen den Hinterrädern. Als wir Halt machten, um die Pferde zu füttern, sprang er unter die Plane.»

So einer bist du also! Hast dich eingeschlichen. Hast dich bei den Kindern beliebt gemacht, ihnen die Hände geleckt, sie angebettelt mit deinen traurigen Augen . . . Ja, natürlich, jeder muß sehen, wie er durchkommt.

Wir verloren uns auf der Fahrt in das rettende Heilsberger Dreieck aus den Augen. Die Aussicht, das Schudelchen wiederzusehen, war gering. In jener Zeit kostete es Mühe genug, die Menschen nicht zu verlieren. Auf einen Hund mehr oder weniger kam es nicht an.

Um so größer meine Überraschung, als das Schudelchen drei Tage später wieder auftauchte. In einem Waldstück nahe Braunsberg. Der Hund jagte gerade einen Hasen, den er aus seinem Schneeversteck aufgestöbert hatte. Bekam ihn natürlich nicht. Kehrte zurück mit hängender Zunge. Setzte sich zum Verpusten unter den Wagen, auf dem die Kinder heiße Pellkartoffeln schälten. Da bist du ja wieder!

Ich begriff, was mich an dem Tier so faszinierte. Die unerschütterliche Ruhe, mit der das Schudelchen seinen Geschäften nachging: Hasen jagen, zum Beispiel. Oder um Feuerstellen schnüffeln, den Pferden beim Fressen neidisch zusehen, im Wald herumstreunen. Als die russische Artillerie über den Hochwald schoß, als die Dreckfontänen der Einschläge näherkamen, leckte das Schudelchen ungerührt seine Pfoten, stand auf, ging zu einem Wagenrad und hob den rechten Hinterfuß. Das Tier muß das Gehör verloren haben, dachte ich. Ja, so etwas ist möglich in diesem Krieg.

Den raschen Aufbruch, der dem Feuerüberfall folgte, hätte das Schudelchen beinahe verpaßt, weil es einer erfolgversprechenden Spur im Schnee nachsetzte. Es trottete hinter dem Treck her, fand unter den vielen Fuhrwerken *seinen* Wagen und verschwand unter der Plane.

Sie fuhren vor mir her, bis die Dunkelheit hereinbrach. Drei Kindergesichter, in der Mitte das Schudelchen, zufrieden an einer Speckschwarte kauend. Kein Bellen, kein Winseln, das Schudelchen lag ruhig im warmen Bettzeug der Kinder, ungerührt vom fernen Lärm des Krieges. Das ist die letzte Begegnung, ganz gewiß. Einen Hund findest du in diesem Durcheinander nicht wieder.

Es war jene Nacht der Panik, als sich die Trecksäulen vor dem gefrorenen Haff stauten, als im Osten der Himmel brannte, ganze Schneisen in die finstere Nacht brannte. Hält das Eis? Natürlich hält das Eis! Bei dieser Kälte. Zu Fuß und auch für Pferdewagen. Nur auf Bombentrichter muß man achten. Wer bis zur Morgendämmerung wartet, sieht die Löcher besser. Aber die Tiefflieger sehen ihn auch. Und er findet keinen Platz zum Hinlegen auf dieser weiten Eisfläche. Vielleicht schickt die Ostsee eine Nebelwand. Es war die Nacht des Nicht-Schlafenkönnens. Um Gottes willen, nur kein Feuer anzünden! Das lockt die feindlichen Granaten an. Dort hinten brennt es schon genug. Ist dies das Meer? Wer hätte je gedacht, daß wir mit dem Ackerwagen über das Meer fahren?

Endlich Morgendämmerung und Aufbruch. Die erste Tieffliegerwelle abwarten. Wenn sie am Horizont verschwunden ist, aufs Eis und im Trab hinüber zur Nehrung. Ein paar Kopflose sind schon vorausgefahren, haben es geschafft . . . oder auch nicht.

Soweit das Auge reicht, schwarze Punkte. Keine Schlittschuhläufer, die wohlgeformte Pirouetten drehen. Vonwegen winterliches Eisvergnügen! Tote liegen herum, verendete Pferde, gefärbte Wasserlachen. Die Kutscher steigen von den Wagen, um die Pferde am Zügel zu führen. Nur nicht stürzen und die Deichsel brechen!

Plötzlich taucht auf halbem Wege ein riesiges Loch vor mir auf, groß genug, um ein Haus zu versenken. Das Wasser ist über den Rand getreten, hat einen nassen Fleck hinterlassen. Im Vorbeifahren werfe ich einen flüchtigen Blick hinüber, sehe Eisbrocken, Schollen; eine zersplitterte Deichsel ragt aus dem Wasser . . . Und dann das Schudelchen! Es schwimmt verzweifelt am Rande des Eislochs, platscht zwischen vollgesogenem Bettzeug und treibenden Sofakissen herum, auch ein roter Kinderhandschuh dümpelt mit. Vergeblich versucht das Tier, aus dem Wasser zu kommen, rutscht immer wieder an der Eiskante ab. Warte, ich werde dir helfen. (Ich muß den Verstand verloren haben, in diesem Chaos an so etwas zu denken.) Doch bevor der Wagen anhält, schafft der Hund es mit eigener Kraft. Mit Hilfe eines vollgesogenen Kopfkissens. Gar nicht so dumm, das Schudelchen! Kriecht auf das Kissen und springt von dort auf die Eisfläche. Schüttelt das nasse Fell. Schaut sich um, als wäre nichts geschehen. Trottet hinter meinem Wagen her, läuft eine Weile in der Spur, bis es endlich den Sprung unter die schützende Plane wagt. Bleibt hinten liegen, will nicht auffallen, duckt sich, legt die Ohren an, gibt keinen Laut. Ich blicke geradeaus, als hätte ich nichts bemerkt.

Der Wegweiser

«Du bleibst auf der Kreuzung!» schrie der Mann in der braunen Uniform dem Hitlerjungen zu. «Sie müssen rechts abbiegen, das ist die einzige Rettung.»

Mit diesen Worten sprang der braune Mensch in einen bereitstehenden Kübelwagen, verschwand in jene Richtung, in der die Rettung liegen sollte.

Fünfzehn Jahre alt und schon Verkehrspolizist auf den Kreuzungen des Krieges, des Führers treueste Männer.

Der Junge streckte den Arm aus.

«Rechts müßt ihr fahren!»

Gehorsam bogen die Fuhrwerke von der Hauptstraße, klapperten in den Nebel hinein, der jenseits der Wegbiegung über dem Schneefeld ausgebreitet lag.

«Was treibst du dich hier herum, Jungche?» rief ein Bauer aus Treuburg.

«Rechts müßt ihr fahren, rechts und dann geradeaus!»

«Komm mit, Jungche, es wird höchste Zeit.»

Aber ein fünfzehnjähriger Hitlerjunge darf seinen Posten nicht verlassen. Der steht, wo er stehen muß. Wenn der Auftrag erfüllt ist, wird der braune Mensch zurückkehren, um ihn abzuholen. Niemand wird im Stich gelassen. In dieser Zeit erfüllt jeder seine Pflicht, wie es das Gesetz befiehlt. Der kleine Hitlerjunge dachte, während er sich auf der Kreuzung die Füße warmtrat, an die Geschichtsstunde mit Rektor Butschkies . . . an Leonidas und seine Spartaner (Du habest uns liegen sehen, wie das Gesetz es befahl). Ach, es liegt so viel herum neben den Straßen, auf denen der Krieg zieht!

Noch immer Wagen. Versprengte, die aus dem Nebel auftauchten. Wie gut, daß du da bist, Jungche, um uns den rechten Weg zu zeigen.

Plötzlich Stimmen im Nebel. Vereinzelte Schüsse. Soeben noch Pferdewagen und jetzt die Umrisse einer Menschenkette. Zu Fuß. Traten aus der Nebelwand. Wie die Treiber bei der Hasenjagd. Viel zu spät erkannte der fünfzehnjährige Hitlerjunge die russischen Pelzmützen. Stand schon in Schußweite vor ihnen. Wo blieb der Kübelwagen, der versprochen hatte, keinen deutschen Hitlerjungen im Stich zu lassen? Der Junge ließ den ausgestreckten Arm sinken (Die brauchten keinen Wegweiser). Sollte er die Hände erheben? Oder davonlaufen? Der letzte Wagen wäre vielleicht im Schutze des Nebels zu erreichen gewesen. In keiner Geschichtsstunde hatte Rektor Butschkies erzählt, wie sich ein deutscher Pimpf in auswegloser Situation zu verhalten hat, was zu tun ist, wenn du mutterseelenallein in Führers Ehrenkleid auf der Kreuzung stehst und hundert Meter vor dir die Rote Armee aus dem Nebel auftaucht. Wandrer, kommst du nach Sparta . . .

«Das muß feierlich gesprochen werden, Jungs! Das ist das Größte, was uns die Geschichte überliefert hat.»

Das war die Stimme des Rektors Butschkies.

Wo blieb nur der Kübelwagen?

Noch immer stand der fünfzehnjährige Hitlerjunge unschlüssig auf der Kreuzung. Was ist zu tun im großen Niemandsland bei Deutsch-Eylau?

Eine Maschinenpistole, so ein kleines, handliches Ding mit kreisrundem Magazin, nahm ihm die Entscheidung ab. Sie riß ihr Maul auf und spuckte eine Handvoll Kugeln über jene Kreuzung, auf der sich die blutigen Straßen des Krieges trafen.

Normandie-Njemen oder Die Befreiung

Es waren einmal zwei Brüder . . . Nein, dies ist kein Märchen! Es waren zwei Brüder, geboren in jener Stadt an der normannischen Küste, die Jahre später zur Befreiung Europas in Trümmer sinken sollte. Geboren also in Caen und dort groß geworden mit einer alleinstehenden Mutter; den Vater hatte der erste große Krieg verschlungen.

Aufgewachsen ohne Besonderheiten. Bis zum 22. Mai 1940. Da umstellten deutsche Panzer ein Weizenfeld nördlich von Abbéville, in dem sich Pierre Massu, der ältere der beiden Brüder, eingegraben hatte. Aus dem Weizenfeld ab in die Gefangenschaft. Während er über den Rhein fuhr, erreichte der jüngere Bruder Roger eines der letzten Schiffe, das von Toulon nach Afrika in See stach. An der normannischen Küste blieb allein die alte Mutter zurück.

Roger Massu vagabundierte ein paar Monate in Nordafrika umher, wußte nicht recht, ob er Vichy die Treue halten oder sich jenen Franzosen anschließen sollte, die behaupteten, frei zu sein, und sich damit beschäftigten, die Reste des französischen Kolonialreichs für die Engländer zu erobern. Er nahm im Hafen von Algier an einer Messerstecherei teil, ohne größeren Schaden zu erleiden, lebte kurze Zeit mit einer ganz und gar nicht verschleierten Muselmanin zusammen und mußte zum Ende des Unglücksjahres 1940 in Dakar ein Krankenhaus aufsuchen. Gonorrhöe, die Krankheit des Krieges.

1941 erreichte ihn ein Brief der Mutter aus dem noch unzerstörten Caen. Pierre habe aus deutscher Gefangenschaft geschrieben. Es sei erträglich. Viel Arbeit auf den Feldern. Das Essen einfach, aber reichlich. Langeweile. Er hoffe von Herzen, eines Tages befreit zu werden. Vive la France! Es wird wieder ein großes Frankreich geben . . . Was man so schreibt aus der Gefangenschaft.

Von Befreiung war zu jener Zeit weit und breit nichts zu sehen.

Doch Roger beeindruckte die schlichte Botschaft aus einem feindlichen Land. Ihm stellte sich der Gedanke in den Weg, er, der kleine Bruder, müsse etwas tun zur Befreiung des großen Pierre.

In Tanger bekam er Kontakt zu Menschen, die noch nichts verloren gaben. Mit ihnen diskutierte er lange Nächte, bis der deutsche Überfall auf Rußland jedes Diskutieren überflüssig machte. Es gab plötzlich eine Funkverbindung zum fernen Moskau. Roger fuhr mit geheimen Aufträgen im feuerspeienden Europa umher, fror einen Winter über im naßkalten Dublin und genoß einen warmen Sommer in den schwedischen Schären.

Aber das alles brachte die Befreiung seines Bruders nicht voran. Als die Mutter schrieb, Pierre sei in der Gefangenschaft erkrankt, ergriff ihn eine Art Panik. Käme die Befreiung nicht bald, wäre es zu spät. Er beschloß, selbst mit Hand anzulegen und traf im Sommer 44 in Murmansk ein. Gerade rechtzeitig, denn die im Osten eingesetzte französische Fliegereinheit Normandie-Njemen suchte Piloten zum Endkampf gegen Deutschland. Roger, der früher Segelflugzeuge über die Weiten der Normandie gesteuert hatte, wurde Pilot eines russischen Schlachtbombers. In einer Novembernacht überflog er zum erstenmal die deutsche Grenze, um die Garnisonstadt Insterburg zu bombardieren. Die Befreiung rückte näher.

Eintönig verlief das Leben des großen Bruders. Ihn und siebzehn weitere französische Gefangene hatte es in den äußersten Nordostzipfel Deutschlands verschlagen. Nichts erinnerte hier mehr an Caen. Die Häuser duckten sich ins flache Land, dichte Schilfgürtel umstanden Teiche und Seen, die wenigen Menschen, die es gab, verloren sich auf den weiten Feldern. Ein schweigsames Stück Erde.

Der größte Teil der Gefangenen wurde auf einem Gut einquartiert. Pierre hatte Glück. Er kam im gleichen Ort auf einen Bauernhof; das brachte ihn näher an die Menschen. Er nahm an den Geburtstagen und kirchlichen Festen des Bauern Surkau teil und schlief mit einem dienstverpflichteten Mädchen aus der polnischen Stadt Ostrolenka. Als sie in schwangerem Zustand nach Polen abgeschoben wurde, kroch er bei der deutschen Magd unter ... Auch für diesen Teil des Lebens war gesorgt. Der große Bruder konnte zufrieden sein. Während die Welt brannte, qualmten dort draußen nur die Kartoffelfeuer auf den herbstlichen Feldern. Dennoch litt er unter der Stille. Pierre wußte, daß dieser Krieg noch nicht zu Ende war. Es demütigte ihn, Zuckerrüben aus der Erde ziehen zu müssen, während an fernen Fronten um die Freiheit Frankreichs und größere Dinge gerungen wurde. Je länger es anhielt, desto heftiger wühlte es ihn auf.

12. Januar 1945, abends. Auf dem litauischen Feldflughafen erhielten die Staffelkapitäne jenes Modell der Stadt, das beim späteren Sturm auf Königsberg allen Einheiten der Roten Armee als Anschauungsmaterial dienen sollte: Königsberg im Maßstab 1 : 3000. Geländereliefs, Forts, Verteidigungswälle. Einheitliche Numerierung der Häuserblocks und der wichtigsten Objekte. Roger Massu trug das Modell in die Mannschaftsbaracke der französischen Flieger, stellte es auf einen Sperrholztisch: «Das ist Königsberg oder auf französisch: Montreal.»

Niemand blickte auf. Die Männer saßen um ein selbstgebasteltes Radio und hörten Musik aus Paris. Sehr fern zwar und von den schrecklichen Nebengeräuschen des Krieges gestört. Aber immerhin: Paris sang wieder. Zwei spielten Schach, eröffneten sizilianisch, immer wieder sizilianisch, bis du es im Schlaf kannst. Einer lag auf einer Pritsche, starrte an die Decke und rauchte Zigarette um Zigarette. Nach dem Ausdrücken einer Kippe stellte er sich neben das Modell der Stadt Königsberg. «Das wird die letzte Offensive», sagte er. «Danach ist es aus mit Deutschland!»

Roger Massu breitete eine Karte der Provinz Ostpreußen aus. «In einem dieser Dörfer lebt mein Bruder», murmelte er und tippte mit dem Zeigefinger auf das Papier. «Wenn ihn die Deutschen nicht schon umgebracht haben», meinte der Schachspieler mit der schwarzen Dame.

«Wir werden ihn befreien!» brüllte der Zigarettenraucher, der schon wieder auf der Pritsche lag. Er begann, von beißendem Rauch umgeben, phantastische Pläne auszuklügeln, wie der große Bruder zu befreien sei. Wie wär's, wenn wir mit einem Flugzeug auf dem Dorfanger landeten?

Alle lachten.

Oder du springst mit dem Fallschirm ab und besuchst deinen Bruder. Schöne Überraschung.

So phantasierten sie stundenlang weiter wie die großen Kinder am Lagerfeuer. Bis der Kommandeur erschien und eine kurze Ansprache hielt: Morgen beginnt der große Schlag gegen Deutschland. Wir werden siegen! . . .

25. Januar 1945, abends. Bürgermeister Skopnik kam gegen Einbruch der Dunkelheit auf das abgelegene Gehöft des Bauern Surkau. Er klopfte nicht an, sondern trat ohne Umschweife in die Küche, in der Surkau mit seiner Familie, dem Gesinde und dem französischen Kriegsgefangenen Pierre am Abendbrottisch saß. Viel Spirgel, Milchsuppe, Bratkartoffeln.

«Wir müssen flüchten», sagte Skopnik und nahm unaufgefordert Platz.

Bauer Surkau schob den halbleeren Teller zur Seite.

«Hier braucht keiner zu flüchten», brummte er. «Wir haben die Franzosen, uns kann nichts passieren.»

Die beiden Männer blickten zu Pierre, der abwesend in den Teller starrte.

«Ich habe meinen Pierre immer gut behandelt», fuhr Surkau fort. «Von Anfang an saß er mit mir an einem Tisch. Wir haben zusammen das Brot gebrochen.»

Pierre fühlte, wie sie ihn ansahen, aber er schwieg. Es war ein großer Augenblick für ihn, dieser Abend des 25. Januar.

27. Januar 1945, morgens. Sie wachten früher auf als sonst, weil von Osten her Maschinengewehrfeuer näherkam. Die Chaussee entlang. Es schwoll an, übertönte für kurze Zeit jedes Geräusch. Aber kurz vor Mittag verstummte es. Mittagsruhe im großen Krieg. Die Öfen warm, das Essen auf den Tischen. Die Hühner kratzten im Schnee. Dem Bauern Surkau wurde ein Kalb geboren. Kinder kommt vom Teich, der große Krieg fängt an! Nicht aus dem Fenster schauen! In die Ofenecke setzen und den Kopf einziehen. Sollen wir beten, Mama? Ja, beten kann nichts schaden.

Die Tauben, die auf dem Stalldach des Gutes saßen, flogen erschreckt zum Teich, als mitten im Dorf Gewehrfeuer losbrach. Und das alles ohne einen Verteidiger. Fensterscheiben zersprangen. Türen erhielten kleine, runde Löcher. Worauf schießt man bei der Einnahme eines masurischen Dorfes? Auf alles, was lebt. Ach, wenn es bei Hühnern und Tauben geblieben wäre! Aber auch Hunde und Katzen waren nicht mehr sicher . . . und die Menschen.

Auf dem Gut traten die französischen Gefangenen vor ihre Unterkünfte. Sie trugen eine rote Fahne, weiß der Himmel, wo sie das Tuch aufgetrieben hatten? Dazu die Trikolore. Ihnen entgegen kamen die Soldaten, die auf alles schossen, was sich bewegte, die noch niemals eine Trikolore gesehen hatten im fernen Armenien oder Aserbeidschan. Was soll man da machen? Sich auf lange Gespräche einlassen? Einen Dolmetscher suchen, der diese seltsamen Menschen fragt, was sie hier treiben? Ach, dieser Krieg ist so schnell, der läßt keine Zeit für lange Diskussionen, für Erklärungen und Ausreden. In diesem Krieg behaupten alle, unschuldig zu sein. Du bist verloren, wenn du als Soldat über Schuld und Unschuld, über die Feinheiten der Einzelfälle nachdenken sollst. Die erste Salve strich über die Köpfe der Franzosen. Die zweite traf. Drei fielen auf den schmutzigen Gutshof, lagen zwischen Pferdeäpfeln und Strohresten.

Um Gottes willen, das ist ein Mißverständnis!

«France! France!» schrie ein schmächtiger Franzose und lief mit ausgebreiteten Armen auf die Soldaten zu.

Was heißt hier France?

«Wir sind Freunde!»

Das sagen alle, wenn ihnen der Tod im Nacken sitzt.

Wer noch nicht im schmutzigen Schnee des Gutshofes lag, lief davon. Aber Davonlaufen heißt, sich schuldig bekennen. Wer davonläuft, darf nicht erstaunt sein, wenn ihn die Kugeln einholen.

Es blieb keiner übrig. Den letzten holten sie aus einem Apfelbaum, denn im Januar sind die blätterlosen Bäume ein schlechtes Versteck.

Nur Pierre Massu lebte. Auf das abgelegene Gehöft des Bauern Surkau kam der Krieg eine halbe Stunde später. Pierre wollte ins Dorf eilen, kehrte jedoch auf halbem Wege um, als er die Schüsse vom Gutshof hörte. Rannte zurück, ließ sich nicht aufhalten von Bauer Surkau, der ihn beschwor, bei ihm zu bleiben. Kroch in die Scheune, ließ sich begraben von drei Fudern ungedroschenen Hafergarben. Er war befreit, aber die Hände zitterten. Wenn sie nur nicht die Scheune in Brand schießen.

In der Finsternis sah Pierre nichts. Hörte nicht, wie Bauer Surkau vor seinem eigenen Misthaufen erschossen wurde. Die deutsche Magd, mit der Pierre gestern noch geschlafen hatte, wurde sechsmal über ihm im Haferstroh vergewaltigt, ohne daß er es hindern konnte.

28. Januar 1945, morgens. Pierre kroch aus der Scheune. Er war allein auf dem Hof des Bauern Surkau. Im Stall brüllten die Kühe

nach Futter. Und es war Melkzeit. Vereinzelte Schüsse noch im Dorf. Aber verflogen der Rausch des Tötens, die gute russische Seele war zurückgekehrt. Sie streichelte Kinderköpfe, sofern sie noch dran waren, verteilte Bonbons, auch ein Stück trockenes Brot an eine alte Mutter. Sie waren wieder Menschen geworden.

Es wird Zeit, Pierre Massu, daß du mit ihnen sprichst.

Als er ins Dorf kam, bog gerade ein Geländewagen der Roten Armee von der Hauptstraße. Ein höherer Offizier besuchte die vorgeschobene Einheit in dem eroberten Dorf. Als er auf dem Gutshof die Stiefel in den schmutzigen Schnee setzte, stellte der hochdekorierte Mensch fest, daß zu den zweiundfünfzig Toten des Dorfes siebzehn französische Kriegsgefangene gehörten. Hier mußte einer den Verstand verloren haben! Er schrie über den Gutshof, ließ den verantwortlichen Hauptmann zittern, drohte ihm Degradierung und Verbannung in den finstersten Winkel Kamtschatkas an . . . Und in diesem Augenblick kommt der letzte überlebende Franzose hervorgekrochen, geht auf den hochdekorierten Menschen zu, um sich endgültig befreien zu lassen.

Na, Väterchen, was wirst du tun? Salzige Tränen weinen? Auf die Knie sinken und die Erde küssen? Wirst um Vergebung bitten und versprechen, alles gutzumachen, sofern an einem solchen Haufen Leichen noch etwas gutzumachen ist?

Aber nichts davon. Pierre Massu war an einen fortschrittlichen, aufgeklärten Menschen geraten, wie er heutzutage in jedem modernen Land anzutreffen ist. An einen, der weiter dachte, der über den Tag hinausdachte, der genau wußte, daß wir nicht auf die Welt gekommen sind, um unseren Gefühlen freien Lauf zu lassen, sondern der großen Sache zu dienen haben. Jener Offizier ahnte die schrecklichen Verwicklungen, die unglückselige Fälle wie diese auslösen können. Ist es gestattet, dem eigenen Vaterland in der entscheidenden Endphase des Krieges einen unnötigen Streit mit einem Verbündeten aufzuhalsen?

Man muß nur lange genug nachdenken, um eine Fülle von Ausreden zu finden, warum auf das bißchen Leben des Pierre Massu keine Rücksicht genommen werden konnte. Wenn wir den laufen lassen, stellt er sich in Paris unter den Triumphbogen und erzählt aller Welt, daß die Rote Armee siebzehn Gefangene, die auf ihre Befreiung warteten, über den Haufen geschossen hat! Voller Mitleid, ja, voller Mitleid blickte der hochdekorierte Offizier auf den

Menschen, der aus der Scheune gekrochen war und dem die Strohhalme noch am Ärmel baumelten. Er besprach sich kurz mit seinem Adjutanten, der den Fall Pierre Massu aus der Welt schaffte. Der große Bruder, der letzte glaubwürdige Zeuge eines unglaublichen Massakers, wurde am 28. Januar 1945 in aller Frühe an der Rückwand der Gutsscheune erschossen.

31. März 1945.

«Hör mal», sagte Roger Massu zu dem Schachspieler, der seit drei Wochen allein sizilianisch eröffnete, weil sein Gegenspieler mit einer brennenden Maschine ins Haff gestürzt war . . . «Hör mal», sagte Roger, «wenn wir Königsberg haben, lasse ich mich beurlauben, um meinen Bruder zu suchen.»

Am 9. April hatten sie Königsberg. Endlich Frühling. Siegesparade in den Trümmern. Auch eine Abordnung der Fliegereinheit Normandie-Njemen marschierte mit. Ein Generalmajor verlas ein Dokument: «In Würdigung des bei Königsberg errungenen Siegs stiftet das Präsidium des Obersten Sowjets der UdSSR die Medaille: ‹Für die Einnahme Königsbergs›. Alle Teilnehmer an den Kämpfen um die ostpreußische Hauptstadt werden damit ausgezeichnet. Die Truppenteile und Verbände, die am Sturm auf die Festung teilgenommen haben, erhalten die Bezeichnung ‹Königsberger›.»

Nach der Siegesfeier meldete sich Roger Massu bei seinem Kommandeur. Er hatte genug getan. Er wollte über Land fahren, um seinen Bruder zu suchen. Dann bald wird es Frieden geben. Einen Frieden für Generationen. Wir werden alles besser machen. Wir werden die Würde des Menschen wiederherstellen, seine Freiheit bewahren. Die finstere Wolke über Europa ist zerblasen. Eine große neue Zeit wird anfangen, und Pierre Massu soll rechtzeitig dabei sein.

Mai 1946. In einem Hain bei Caen wird ein Gedenkstein enthüllt für die Opfer der faschistischen Gewalt. Roger steht mit den Veteranen des Krieges neben der ewigen Flamme. Er starrt auf den Granit, bis er die Zeile im unteren Drittel des Steines erreicht hat. Dort steht der Name Pierre Massu.

Die Mutter

Sie wanderte mit fünf Kindern – das älteste elf, das jüngste zwei Jahre alt – auf der Straße von Bartenstein nach Osten. Es muß wohl im Februar 1945 gewesen sein. Das Jüngste saß in einem Bollerwagen, dessen Räder quietschten (man müßte Wagenschmiere suchen). Hinter dem Kind ein Drahtkorb mit Lebensmitteln: Kartoffeln, eine Tüte Mehl, Salz, ein Eimerchen Marmelade. Die Mutter und der große Junge zogen.

Sie gingen an den erkalteten Wrackteilen des Krieges vorbei, und die Mutter hatte Mühe, den Haufen zusammenzuhalten. Denn die Kinder schwärmten aus auf der menschenleeren Straße, wollten mit ausgebrannten Panzern spielen oder verweilten zu lange bei den unkenntlichen Toten hinter den Chausseebäumen.

Das ist nichts für Kinder!

Vor Korschen kam ihnen ein Armeelastwagen entgegen. Hielt mitten auf der Straße neben einem verlassenen Gehöft. Der Fahrer sprang aus dem Wagen, strich mit beiden Händen seine Hose glatt, ging auf die Mutter zu, winkte mit der Hand und sagte: «Frau komm!»

Sie stand ratlos im Kreis der Kinder. Nun fangt doch endlich an zu weinen! Schreien müßt ihr! So laut, daß sie erschrecken, die Männer unter der Autoplane. Aber die Kinder starrten nur den fremden Menschen an.

Da begann die Frau zu weinen. Doch der Soldat konnte nicht mehr zurück. Hinter der Autoplane tauchten grinsende Gesichter auf, wollten sehen, wie es ausgeht. Bekommt er sie, oder bekommt er sie nicht? Sie werden ihn auslachen, wenn er die Frau mit den Kindern ziehen läßt. «Frau komm!» rief er drohender und schob die Maschinenpistole vor ihren Bauch.

«Wartet, Kinder», sagte die Mutter. Dann folgte sie dem Soldaten auf das verlassene Gehöft.

Die Kinder rollten einen dreckigen Schneemann zusammen, setzten ihn an den Straßenrand, sprangen zum Zeitvertrieb über den zugeschneiten Graben und warfen mit Schneebällen in die Baumkronen. Das Jüngste fing nun wirklich an zu weinen, saß im Bollerwagen und schrie nach der Mutter. Vom Lastwagen aus sahen die Soldaten den Kindern zu. Einer warf dem Jüngsten Kandiszucker in den Bollerwagen. Da war das Kind ruhig. Ein anderer sprang auf die Straße, schlenderte hinüber zu dem verlassenen Gehöft, wartete vor dem Scheunentor, bis er an der Reihe war. So etwas steckt an.

Endlich kam der letzte zurück. Der Motor heulte auf. Eine schwarze Auspuffwolke kroch über den schmutzigen Schnee. Matsch wirbelte auf. Der Armeelastwagen fuhr davon, Richtung Westen. Richtung Front.

Wo blieb die Mutter? Die Kinder riefen so lange zur Scheune hinüber, bis sie heraustrat. Am ersten Chausseebaum blieb sie stehen, um sich zu stützen.

«Habt ihr auch gefroren, Kinderchen?»

Das Jüngste zeigte ihr lachend den Kandiszucker.

Sie griff nach der Deichsel des Bollerwagens.

«Kommt, wir wollen nach Hause gehen!»

Letztes Schiff nach Bornholm

Die Frau trug keinen Namen. Sie kam, na sagen wir mal aus Kalischken. Hielt ein Kilogramm Fleisch in den Händen, schieres Lendenstück vom Rind (Wo gab es so etwas noch in dieser Endzeit?). Behutsam schlug sie einen Bogen Zeitungspapier um das Fleisch, verbarg es unter ihrem Mantel, um es gegen den Strom der fliehenden Menschen, an brennenden Häusern vorbei zu der flachen Baracke nahe dem Hafenbecken zu tragen.

«Seht mal, was das ist!» rief sie den Kindern zu, die in der Baracke gewartet hatten. Sie wickelte das Kilogramm Fleisch aus, kratzte sorgfältig die Zeitungsreste von der dunkelroten Oberfläche. Bevor das Fleisch in den Topf mit siedendem Wasser kam, durfte jedes Kind seine Patschhände drauflegen. «Es brennt schon überall, und du willst noch Essen kochen?» fragte die Älteste.

Ja, Mittagessen. Die Frau war so sehr mit dem Fleisch beschäftigt, daß sie keinen Blick hatte für die Qualmwolken, die jenseits der Hafenschuppen aufstiegen. Man hätte ans Fenster treten und hinausschauen müssen. Natürlich werden wir essen. So ein schönes Stück Fleisch! Was bleibt noch übrig vom Leben, wenn du dich nicht mehr über ein schieres Stück Rindfleisch freuen darfst? Aber es brannte. Es brannte schon tagelang. Wenn die Flugzeuge in Richtung Weichselmündung verschwanden, ließen sie Rauchsäulen über der Stadt zurück. Ein paar Stunden später kehrten sie wieder und zündeten neue Feuer an.

Abgesehen von den Flugzeugen war es still an diesem Vormittag. Kein Artilleriefeuer. Im Hafen tuteten die Dampfer. Ein gemütlicher Vormittag, so recht die Zeit, um ein Kilogramm Rindfleisch in aller Ruhe zuzubereiten. Da ist sogar Majoran, ein ganzes Gewürzglas voll. «Wenn es so still ist, kommen sie bald», sagte die Älteste und starrte aus dem Fenster.

Also gut, dann kommen sie. Wenn du vier Wochen unterwegs bist, wenn du kreuz und quer im verschneiten Land herumgezogen bist, um jedes brennende Dorf einen Bogen gemacht hast, auch Umwege um die Leichen auf der Straße . . . dann ist es gleichgültig, ob sie bald kommen oder nicht.

«Geh vom Fenster weg!» sagte die Frau zu der Ältesten.

Die Kinder saßen erwartungsvoll um den Tisch. Kein Besteck. Man kann ein Kilo Rindfleisch auch mit den Händen zerreißen. Die Frau brach das Brot in Stücke.

«Du mußt etwas tun, um auf andere Gedanken zu kommen», sagte sie zu der Ältesten, die schon wieder am Fenster stand und dem Menschenstrom nachschaute, der ins Hafengelände flutete.

«Noch eine Viertelstunde, dann essen wir», sagte die Frau und hob den Deckel von dem angeschlagenen Emailletopf. Doch bevor die Viertelstunde um war, stieß ein Soldat die Tür auf und schrie: «Die Schiffe sind da! In zehn Minuten muß alles an Bord sein. Es ist die letzte Fahrt nach Westen.» Die Frau stand müde in der Mitte des Raumes. Nahm es überhaupt kein Ende mehr? Mußte sie wieder alles stehen und liegen lassen? So war sie schon über das Eis gelaufen und den schmalen Streifen der Nehrung abwärts . . . Und immer, wenn die Feuer brannten, wenn das Teewasser kochte, die Kartoffeln fast gar waren, kam einer angelaufen und schrie: «Wir müssen weiter!»

«Schneller! Schneller!» rief die Älteste und half den Kleinen beim Anziehen der Mäntel. Die Frau drückte jedem ein Stück Brot in die Hand. Mehr nicht. Ein Blick zum Herd, zum angeschlagenen Emailletopf. Dann raus aus der Baracke. Sie rannten über den trümmerbesäten Platz, an den Bombentrichtern vorbei den Menschen nach.

Da lag es, das letzte Schiff nach Westen.

«Wir fahren nach Bornholm», sagte ein alter Mann. «In Bornholm ist kein Krieg.»

Menschentrauben an Deck. Eine breite Schlange vor dem Aufgang.

«Zuerst die Frauen mit Kindern!» schrie ein Marinesoldat über ihre Köpfe hinweg. Aber die Frau wußte nicht, ob sie dieses Vorrecht in Anspruch nehmen sollte. Sie starrte ins bewegte Hafenwasser, in dem die Eisschollen seewärts trieben. Mein Gott, so viele Menschen! Das kann ein Schiff doch gar nicht tragen. Und von Kalischken ist noch keiner mit einem großen Dampfer gefahren. Wo waren sie nur, die Menschen von Kalischken? Saßen sie vielleicht schon zu Hause, melkten ihre Kühe und schoben Holzscheite in den Ofen, während sie sich mit den Kindern in fremden Häfen herumtrieb? Sie konnte nicht schwimmen und die Kinder auch nicht. Dürfen Nichtschwimmer überhaupt ein Schiff betreten? In den frühen Märztagen ist das Wasser noch eisig.

Da fiel ihr die warme Baracke ein und das Fleisch, das jetzt gar sein mußte. Ein Kilo Rindfleisch. Was gibt das für eine herrliche Brühe! Einmal noch sattessen, bevor der Krieg mit einem großen Knall zu Ende geht.

Sie nahm die Kinder und verließ die Reihe der Wartenden. Ging ohne Hast zurück in jene Richtung, aus der jetzt Maschinengewehrfeuer zu hören war. Da war sie wieder, die warme Baracke. Zieht die Mäntel aus, Kinder, und setzt euch an den Tisch!

Die Frau stellte den Emailletopf mit Fleisch auf einen Ziegelstein.

Und nur nicht so gierig, jeder bekommt etwas ab.

Während sie das Fleisch verschlangen, raste eine Staffel Tiefflieger über den Hafen. Einschläge in der Nähe. Der Luftdruck riß die Barackentür auf, fegte einen Schwall Kaltluft in den Raum.

Die Frau sprang auf und schloß die Tür. Nichts hereinlassen von der Kälte. Die Wärme festhalten, damit sie nicht in den Märzhimmel entweicht.

Gebt mir mal das Salzfaß rüber. Und laßt euch Zeit, Kinder. Schluckt nicht so gierig, sonst bekommt ihr Leibschmerzen!

Das letzte Schiff verließ den Hafen. Ohne Sirenengeheul und Tücherschwenken.

Draußen das Geräusch von Kettenfahrzeugen. Punkt zwölf Uhr

stand ein Panzer der Roten Armee vor den Hafenanlagen und schoß über die Schuppen und Kräne hinweg auf das Meer hinaus, schoß in jene Richtung, in die das letzte Schiff nach Bornholm gefahren war.

Die letzten Menschen

Wer kennt sie nicht, die Lesebuchgeschichte von der Tagelöhnerhütte, die der Himmel gnädig mit Schnee zudeckte, als die Franzosen in ihrem Unglückswinter durch Ostpreußen zogen? Damals hatte der liebe Gott geholfen, aber wer sollte im Winter 45 helfen? Der liebe Gott war mehr als hundert Jahre älter geworden; viele glaubten, er lebe gar nicht mehr.

Als im Januar die zweite Schneedecke auf die Felder fiel, saß der alte Maguhn bei Petroleumlicht in seiner Kammer. Und die Frau las ihm vor, las wundersame Geschichten aus der Franzosenzeit und vom lieben Gott, der damals noch helfen konnte.

«Soviel Schnee gibt es nicht, um unser Haus bis zum Schornstein zuzudecken», sagte der alte Mann. Siebzig Jahre hatte er in diesem Haus gelebt. Genug Schneestürme waren von Nordosten her über das Land gefegt, aber über die Fensterscheiben waren die Schanzen niemals hinausgekommen. Nein, es war eine Legende, diese Lesebuchgeschichte. Eine schöne Legende, an die der Mensch sich klammern kann, wenn er viel Schnee braucht zum Zudecken.

«Du mußt daran glauben», sagte die Frau und klappte das Buch zu.

Aber das Glauben war dem alten Maguhn schon lange vergangen. Woran sollte man nicht alles glauben, an den Kaiser, an den Führer, an das Gute im Menschen?

Am nächsten Morgen wanderte er in den Wald und fand jene windschiefe Jagdhütte am Rande einer Fichtenschonung, die seit drei Jahren nicht mehr bewohnt war, weil die Jäger anderweitig zu tun hatten. Die Hütte kuschelte sich flach in den Wald, war vom Wege her kaum zu erkennen. Ein guter Schneesturm würde sie bis zum Dach zuwehen. Hier wäre das Lesebuchwunder möglich.

Er begann damit, die Hütte notdürftig herzurichten. Nagelte die Fenster zu und schippte von draußen einen Schneewall gegen die

Wände. Holte aus dem Dorf mehrere Strohbündel, zog auch auf dem Handschlitten einen Sack Kartoffeln in den Wald, dazu Mehl, Salz, Streichhölzer. Was der Mensch so braucht, bevor er sich einschneien läßt.

Als nach ein paar Tagen die Nachricht ins Dorf kam, es sei alles zu packen und für die Flucht vorzubereiten, sagte die Frau: «Wir sind zu alt, um auf der Straße herumzuliegen, vor fremden Türen nach Wasser und Brot zu betteln. Wohin können alte Menschen noch flüchten? Höchstens auf den Friedhof.»

«Der alte Maguhn flüchtet nicht», brummte der Mann. Am nächsten Tag brachen die anderen auf. Er stand auf der Straße, die erkaltete Pfeife im Mund, um ihnen nachzusehen. Ein kalter Nordostwind strich über die Weiden der Dorfstraße. Vielleicht gibt es Schnee, dachte er, denn der Nordost bringt die Schneestürme. Als der letzte Wagen verschwunden war, ging er in sein Haus, um sich aufzuwärmen. Die Frau hatte das Buch aufgeschlagen und las laut:

«Und wer auf dem Dache ist, der steige nicht hernieder, etwas aus seinem Haus zu holen.

Und wer auf dem Felde ist, der kehre nicht um, seine Kleider zu holen.

Wehe aber den Schwangern und Säugern zu der Zeit!

Bittet aber, daß eure Flucht nicht geschehe im Winter.»

Sie schaute auf und sagte: «Nun ist es doch im Winter geschehen.»

Am Nachmittag hielt er es nicht mehr aus. Er ging in das verlassene Dorf. Aber was heißt hier verlassen? Rinder standen brüllend auf dem verschneiten Anger, Hühner scharrten auf den Misthaufen. Zwischen den Kohlstrünken in den Gärten hoppelten die Kaninchen. Schweine trabten über die Höfe, auf den Fensterbänken der noch warmen Stuben saßen die Katzen, und die Sperlinge schilpten in den Dachrinnen.

Der alte Maguhn sah nach, ob das Vieh genügend Futter hatte, pumpte Wasser in die Tränken, blickte auch in die Küchen, wo die Herdplatten Wärme ausstrahlten, obwohl die Glut schon fast erloschen war. Noch war es gemütlich in den Häusern von Kalischken, und aus einigen Schornsteinen kräuselte weißer Rauch in den Schneehimmel.

Als er am östlichen Horizont Feuerschein erblickte, unterbrach er seinen Spaziergang und kehrte heim.

«Jetzt wird es auch für uns Zeit», sagte er zu der Frau. Sie packten Decken und Bettzeug auf den Schlitten, wickelten auf Vorrat gebakkenes Brot in einen Kopfkissenbezug, zogen dreifach Strümpfe, Jacken und Kleider über . . . der alte Maguhn hatte an alles gedacht. Bei Einbruch der Dunkelheit machten sie sich auf den Weg, flüchteten zwei Kilometer weit mit dem Handschlitten, bis sie den Wald erreichten, in dem das Licht keine Kraft mehr besaß und die Fichten dem Feuerschein der brennenden Dörfer im Wege standen.

«Vielleicht gibt es Schnee», sagte der alte Maguhn und dachte an die verräterischen Spuren, die sie hinterlassen hatten. Zuallererst mußte er den Eisenofen zum Glühen bringen. Er legte Scheite nach, während die Frau im Schein eines Talglichts das Abendessen zubereitete, mit dem Messer das Kreuz über dem Brot schlug.

Ein geruhsamer Abend, von Schneewällen umgeben. Fern von den Straßen des Leidens in jenen Tagen des Weltuntergangs. Als sie gegessen hatten, schlug die Frau das Buch auf und traf die Stelle, an der es heißt:

«Unser Gott, willst du sie nicht richten?

Denn in uns ist nicht Kraft gegen diesen großen Haufen, der wider uns kommt. Wir wissen nicht, was wir tun sollen.»

«Kannst du nicht etwas anderes lesen?» brummte der alte Maguhn und steckte seine Pfeife an, die erste Pfeife in der Waldhütte.

Als sie am nächsten Morgen aufwachten, schneite es. Keine Spuren auf dem Weg. Der Wind hatte einen Berg Neuschnee vor die Tür getragen.

«Und der liebe Gott hat doch geholfen», sagte die Frau. Um keine neuen Spuren zu hinterlassen, blieben sie in der Hütte. Zu essen gab es genug, Schnee schöpften sie aus dem Fenster, tauten ihn auf, kochten das Wasser auf dem eisernen Ofen. Sie heizten nur in der Dunkelheit, wegen der Rauchsäulen.

Kein Krieg in der Waldhütte. Kein Kanonendonner. Nur einmal rasten Flugzeuge über die Baumkronen, ließen Eiszapfen und Schneelawinen vom Dach fallen.

«Gewitter im Januar», murmelte die Frau.

So vergingen die Tage. Der Schnee schmolz, und neuer Schnee fiel in den Wald.

«Ob unsere schon wieder zurück sind?» fragte die Frau eines Morgens. Es war am Sonntag Reminiscere, am Tage des Erinnerns.

«So eine Flucht kann doch nicht ewig dauern. Einmal muß jeder heimkehren.»

«Ich werde ins Dorf gehen», sagte der alte Maguhn.

Am sonnigen Vormittag machte er sich auf den Weg, umkreiste vorsichtig das Dorf, hielt sich im Schutz der Weidenbäume, schlich vom Teich her das Dorf an, kam durch das gefrorene Schilf, erstieg den letzten Hügel . . .

Da lag es. Es räucherte nicht mehr. Die Brandruinen waren liebevoll bezuckert mit Neuschnee. Verschwunden war das Haus des alten Maguhn, in sich zusammengesunken, ein mächtiger Haufen Unrat unter dem Schnee. So also gehen die wundersamen Lesebuchgeschichten in neuerer Zeit aus. Keine brüllenden Rinder auf dem Anger von Kalischken. Krähen, mehr nicht. Auch in den Häusern, die vom Feuer verschont geblieben waren, fand der alte Maguhn kein Leben. Ausgehobene Fenster, zerschossene Dachpfannen, umgekippte Schränke, zertrümmerte Stühle, eine Handgranate hatte einen Kachelofen in Stücke gerissen, tote Schweine, eine aufgespießte Katze, im Straßengraben aufgeschlitztes Bettzeug (Ach, die schönen Gänsedaunen!) . . . aber nirgends Menschen.

Ob er ihr die Wahrheit sagen durfte? Die Frau würde ins Dorf laufen, um die Verwüstung zu sehen. Sie würde sterben beim Anblick von Kalischken.

«Es ist noch keiner zurück», sagte der alte Maguhn, als er die Hütte im Wald betrat.

«Lieber Gott, wo treiben sich die Menschen bloß rum?» rief sie. «Es ist schon März und keiner zu Hause. Ob noch immer Krieg ist?»

Der alte Maguhn gab keine Antwort, fing an, mit der Axt Holzscheite zu spalten und pustete in die Glut des Eisenofens. Wenige Tage darauf erkrankte die Frau. Durchfall und Erbrechen. Das kam von dem vielen Schmelzwasser.

«Du mußt mir ein paar Pfefferminzblätter von unserem Hausboden holen», sagte sie am Sonntag Palmarum.

Er versprach es, obwohl die Pfefferminzblätter in Rauch aufgegangen waren. Aber irgendwo würde er Pfefferminztee finden, unter fremden Dachlatten oder in zugigen Scheunen.

Er ging also am Sonntag Palmarum nach Kalischken, fand reichlich Pfefferminztee, aber immer noch keine Menschen. Die Sperlinge beherrschten das Dorf, paarten sich in den Dachrinnen, als wäre nichts vorgefallen in dieser Welt, flogen ein und aus in den guten

Stuben von Kalischken. Auch die Stare waren heimgekehrt . . . aber keine Menschen. Konnte es sein, daß die Welt untergegangen war und nur sie beide im Wald von Kalischken zurückgelassen hatte?

«Heute ist ja Storchentag», sagte die Frau, als Maguhn mit dem Pfefferminztee heimkehrte. «Es kommt selten vor, daß Palmarum und der Storchentag zusammenfallen. Sind unsere Störche schon da?»

«Ja», log der alte Mann. «Sie hucken auf dem Dach und wundern sich, daß kein Mensch da ist in Kalischken.»

«Wenn ich gesund bin, komm ich mit ins Dorf», sagte die Frau. Sie sorgte sich vor allem um den Garten. Es wurde höchste Zeit, damit anzufangen, denn bald kommt das Unkraut.

Märzensonne tut gut, Märzensonne heilt. So sagte man in Kalischken. Aber die Sonne, die im späten März 45 durch das Hüttenfenster auf das feuchte Bettzeug der alten Frau schien, raubte ihr die letzten Kräfte.

«Gibt es denn keinen Doktor?»

«Ich werde einen suchen», sagte der alte Maguhn. Wohl wußte er, wie sinnlos diese Suche war, aber er wanderte los, wollte einen Arzt finden . . . vor allem aber Menschen. Tag für Tag. Auf den ausgedehnten Wanderungen dachte der alte Maguhn ans Sterben. Ohne Furcht. So wie man im Sommer an den Winter denkt. Wenn du siebzig Jahre alt bist und neben dir die Welt untergeht, macht es keine Mühe, ans Sterben zu denken.

Nein, es gab keinen Arzt!

War das ein Frühling! Warm und heiter. Ein nichtendenwollendes Konzert der Vögel im Geäst neben der Waldhütte. Dieser Geruch von aufgetauter, frischer Erde!

«Bevor ich sterbe, will ich unser Dorf sehen», sagte die Frau.

«Warum willst du schon sterben?» fragte der alte Maguhn. «Jetzt fängt die warme Jahreszeit an, da wird alles besser.»

Aber er glaubte selbst nicht an die warme Jahreszeit. Eine unerklärliche Unruhe hatte ihn befallen, die Krankheit der Einsamkeit, gegen die es keine Medizin gibt. Immer wieder brach er auf, um Menschen zu suchen, brachte aus den Gärten von Kalischken die ersten Blumen mit, aber keine Nachricht aus der Welt der Menschen. Dafür fand er ein humpelndes Pferd, das dem Inferno entronnen und bis Kalischken gelaufen war. Er nahm es mit in den

Wald, doch krepierte es zwei Tage später und begann, Geruch auszuströmen. Auf dem Friedhof hatte ein Fuchs seinen Bau gegraben, hatte Schädel und Knochen aus dem Erdreich gewühlt und in der Gegend verstreut. Ja, die Endzeit hatte begonnen. Die Gräber taten sich auf. Der alte Maguhn saß oft vor dem Fuchsbau und dachte an das Ende.

Eines Tages entdeckte er ein Flugzeug, das in großer Höhe über das Land flog. Ergriffen blieb er stehen. Es gab noch Menschen, die diesen Untergang überlebt hatten, die in Flugzeugen durch den Himmel flogen!

Er wollte die Nachricht seiner Frau bringen, wollte ihr sagen, daß die Welt noch einmal davongekommen sei . . . doch als er die Hütte betrat, fand er die Frau tot auf dem Stroh liegen. Gestorben einen Tag vor Himmelfahrt, am 9. Mai, zu jener Zeit, als der Weltuntergang endete.

Wenn man bedenkt, wie Menschen in jenen Tagen zu sterben pflegten in den Eislöchern des Haffs, auf dem Grund der Ostsee, in den brennenden Hafenhallen von Danzig-Neufahrwasser, in den endlosen Straßengräben der Erschöpfung . . . Es ist schon eine Gnade, so zu sterben. In einer grünumrankten Hütte, mitten im Frühlingswald, zwei Kilometer von zu Hause entfernt. Vor ihr lag die Schrift aufgeschlagen:

«Siehe, ich will dich sammeln zu deinen Vätern,

daß du in deinem Grab mit Frieden gesammelt werdest,

daß deine Augen nicht sehen all das Unglück, das ich über diesen Ort und die Einwohner bringen will.»

Der alte Maguhn setzte sich neben die Tote und klappte das Buch zu. Nun war er ganz allein, der letzte Mensch. Da verlierst du die Lust am Leben. Da merkst du, daß Leben nur einen Sinn hat, wenn andere mit dir leben. Fühlst dich im Stich gelassen, bekommst Sehnsucht nach der kalten Geborgenheit der Toten, möchtest in den Fuchsbau kriechen.

Er aß in aller Ruhe, was es zu essen gab. Trat vor die Tür, um nach dem Wetter zu schauen. Schichtete das gespaltene Holz auf. Schuf Ordnung in der Hütte. Wusch das Kochgeschirr aus. Goß Wasser in die Glut des Eisenofens . . . So, damit wäre alles getan.

Dann holte er einen Strick und band ihn um den Balken, der das Dach der Hütte trug. Eine Schlinge ans Ende.

«Ich weiß, es wird dir nicht gefallen», sagte er laut und blickte zu der toten Frau. Aber was sollte der alte Maguhn machen? Für ihn gab es nichts mehr zu erledigen in dieser einsam gewordenen Welt.

Nun sei man nicht böse, der alte Maguhn kommt gleich.

Lieder zum Überleben

1905 geboren und keinen Mann abbekommen. Nur der Kunst gelebt, den Wunsch nach Kindern verdrängt (Die Natur ist vergeßlich). Hübsch anzusehen, das Fräulein, aber wie gesagt: keinen Mann abbekommen!

«Warum machst du nicht etwas Praktisches?» pflegte der alte Herr von Kalischken zu sagen.

Sie konnte weder kochen noch Kinder wickeln. Reiten gelang nur im Damensitz und mit einem Gefühl sich steigernder Angst. Widerwärtig war ihr der Gestank, der aus den Ställen des Gutes gelegentlich bis in das Mansardenzimmer des Schlosses drang.

Nur Klavierspielen, das konnte sie. Sie schlief neben dem Klavier. Am Tage, wenn die Leiterwagen über das Pflaster klapperten, schwebte das Geklimper aus dem geöffneten Fenster über den Anger. Und am Abend vermischte es sich mit dem Quaken der Frösche.

«Nun spielt die Gräfin wieder», sagten die Leute.

Schubert und Chopin. Was trieben die im fernen Kalischken?

Niemand kannte diese Töne, auch zum Mitsingen waren sie nicht geeignet.

«Die Gräfin ist ein bißchen wirr im Kopf», sagten die Gutsknechte, wenn sie sie versonnen auf der Terrasse stehen sahen, als gelte es, entschwundene Töne einzufangen. Obwohl sie nur ein Gutsfräulein war, nannten die Leute sie heimlich Gräfin. Wegen ihres feinen Benehmens, wegen ihres Widerwillens gegen die Derbheit Kalischkens, nicht zuletzt wegen ihrer langen, weißen Handschuhe. Diese Hände mußte man gesehen haben. Lang und zart. Hände, die niemals Kühe gemolken und Kartoffeln gesammelt hatten. Zerbrechlich, mit dünnen, blauen Adern.

Jeden Sonntag ließ die Gräfin die Kutsche anpsannen, um in die

Kirche zu fahren. Nicht der heiligen Worte wegen, sondern um neben den mächtigen Orgelpfeifen zu stehen. Die Töne zu hören, die im Kirchenschiff hin- und herfluteten und die bunten Scheiben vibrieren ließen. Johann Sebastian Bach.

«Das ist doch brotlose Kunst», brummte der alte Herr und versuchte, sie mitzunehmen auf seine Felder, damit sie loskam von den Partituren. Aber statt den Lerchen über der Saat von Kalischken zu lauschen, summte die Gräfin Lieder, nahm nur die Töne wahr, die aus einem unsichtbaren Himmel zur Erde fluteten. Ja, es war brotlose Kunst. Aber in jener Zeit konnte der Mensch noch von brotloser Kunst leben, jedenfalls als Gutsfräulein von Kalischken.

Wohin flieht die Kunst, wenn der Krieg kommt? Sie flieht überhaupt nicht. Sie schwebt über den Dingen. Hätte der alte Herr die Gräfin nicht schon im November in das sichere Königsberg geschickt, sie wäre vor dem Klavier sitzengeblieben bis zum Einzug der Pelzmützen. Hätte ein bißchen Schubert gespielt, während draußen die gebündelten Pfeile der Stalinorgel heulten. So ein Krieg gibt der Kunst vielfache Anregungen. Er erfindet neue Instrumente und neue Töne. Das Jauchzen der himmlischen Chöre wird begleitet von gurgelnden Untertönen.

Aber nun Königsberg. Im November 44 war das auch kein Plätzchen mehr, um auszuruhen. Wäre ja noch schöner! Da kommt eine Gräfin vom Dorf, hat das liebe Leben lang keinen Handschlag für Deutschland getan, möchte gern Konzerte besuchen und die Orgel im Dom hören, möchte weiter vor sich hin klimpern, als lebten wir im tiefsten Frieden.

«Sie müssen etwas für unsere Verwundeten tun», sagte die Leiterin der NS-Frauenschaft. «Einen Besuch im Lazarett machen, damit die Soldaten auf andere Gedanken kommen. Jede anständige deutsche Frau macht so etwas.»

Also gut. Die Gräfin spielte an einem verdunkelten Adventsabend im Lazarett Klavier. Alle Türen standen offen, auf dem Flur brannten Lichter an einem Adventskranz so groß wie ein Wagenrad. Geflochten und gestiftet von der Klasse 8 einer Mädchenschule in Ponath für die tapferen deutschen Soldaten.

Sie spielte «Es kommt ein Schiff geladen». Na, wartet nur, bald werden viele Schiffe beladen davonziehen! Aber Adventsmusik vermochte die Verwundeten nicht zu rühren. Auch Beethoven und

Chopin entlockten ihnen keine Tränen. Erst als die Gräfin Lieder spielte, für die es keine Noten gab, die man so dahinspielte, die jeder lebte in dieser Endzeit, wurde es ein gelungener Abend: «Es geht alles vorüber.»

«Das haben Sie großartig gemacht», sagte die von der NS-Frauenschaft. «Zu Weihnachten müssen Sie wiederkommen.»

Ach, wenn es nur beim Vorspielen geblieben wäre. Aber nun stand sie auf der Liste. Die brauchten, als es im Januar losging, eine Hilfsschwester für den Hauptverbandsplatz gleich hinter dem äußeren Festungsring von Königsberg. Auch gab es eine unterirdische Küche (oben verteilten die Granaten Tag für Tag die herumliegenden Gesteinsreste aufs neue), in der Waggonladungen von Kartoffeln lagerten. Kartoffeln, die geschält werden mußten. Trümmer waren fortzuräumen und Gräber zu schaufeln im Frost. Und das mit diesen langen, zarten Händen! Wenn das der alte Herr von Kalischken wüßte!

Zum Schluß, als die Baßtöne überhandnahmen, als das hohe C heulend und pfeifend über die Dächer raste, die Stalinorgel die Tonleiter rauf- und runterspielte, als das Osterkonzert für Schwerverwundete ausfiel, weil das Klavier mit der Lautstärke der Artillerie nicht mithalten konnte, in jenen Tagen lag die Gräfin mit abgebrochenen Fingernägeln im Klassenzimmer einer Vorstadtschule (die Kinder hatten monatelang Ferien), bekam Spritzen gegen Lungenentzündung . . . und überlebte.

Wohin mit diesem Überleben, wenn du nichts weiter kannst als Klavierspielen? Vierzig Jahre alt, keinen Mann abbekommen, den Wunsch nach Kindern verdrängt . . . und nun fängt alles von vorn an. Stürzt sich auf sie in jener brutalen, gewalttätigen Weise, die aus der Lust einen Schrecken macht. Nein, die Gräfin hatte nichts versäumt in den Jahren ihrer Jungfräulichkeit!

Damals kamen Ausflüge übers Land in Mode. Zur nahen litauischen Grenze, um Kartoffeln zu erbetteln. Denn in den Trümmern von Königsberg sprach es sich herum, daß die Menschen in Litauen zuallererst Menschen waren, dazu noch fromme Menschen. Aber warum nach Litauen ziehen? Es gab doch Kalischken. Und es war der freundliche Monat Mai, in dem der Sauerampfer auf den Wiesen wächst und die Blumen am Straßenrand blühen. Ein Monat zum Wandern. Aber du kommst nicht weit auf diesen Straßen, die den Militärkolonnen gehören, allenfalls noch Greisen und Kindern.

Menschen in den besten Jahren, wie man so zu sagen pflegt, haben tot zu sein oder in umzäunten Lagern zu leben. Denn diese Sorte Mensch ist gefährlich!

In Bartenstein gab es seit vielen Jahren ein Gefängnis, einen ansehnlichen Gebäudekomplex, der bei der Einnahme der Stadt unversehrt geblieben war. Die Rote Armee führte den Betrieb mit anderen Insassen weiter. An diesem Kreuzungspunkt im Herzen Ostpreußens wartete sie, bis aus dem verwüsteten Land so viele Menschen zusammengesickert waren, daß es sich lohnte, einen Transportzug zum Ural in Bewegung zu setzen. Hier wurde alles aufgefangen, was auf den Straßen umherirrte. Und so endete auch die Wanderung der Gräfin hinter den Gefängnismauern von Bartenstein. Die Fingernägel bekamen Zeit zu wachsen.

Auf dem Weg zum Verhörkeller kam es zu einer denkwürdigen Begegnung, die das neu gewonnene Leben der Gräfin auf den Kopf stellte. Der Posten führte sie aus dem Gefängnis in ein komfortables Haus, vermutlich hatte hier der Gefängnisdirektor in vergangenen Tagen sein Privatleben geführt. Und da stand am Ende eines langen Flures – nein, es war nicht zu fassen! –, da stand ein Klavier. Mein Gott, in dieser Zeit! Die Gräfin blieb stehen, starrte zu dem Instrument, das von vergilbten Zeitungsstapeln erdrückt wurde. Der Posten wollte sie weiterschieben zum Kellereingang, wo die gleißenden Lampen warteten. Aber die Gräfin zeigte auf das Klavier, streckte beide Hände aus, bewegte die Finger wie jemand, der auf der Schreibmaschine üben will.

Aha, er verstand. Lächelnd ging er voraus, fegte die Zeitungen mit einer Armbewegung vom Instrument, klappte den Deckel hoch, machte eine einladende Handbewegung. Dann spiel man los! Wollen sehen, was du kannst, du kleine Faschistin!

Es gab keinen Stuhl, aber die Kunst fragt nicht nach Sitzgelegenheiten. Ja, die Hände gehorchten noch. Die geschwollenen Finger glitten über die schmutzige Tastatur. Was spielt der Mensch, wenn ihm plötzlich ein Klavier geschenkt wird?

In die Anfangstöne der Kleinen Nachtmusik mischte sich der ungeduldige Posten. Gestikulierte. Rief der Gräfin etwas zu. Wiederholte immer wieder einen bestimmten Namen. Es mußte ein Lied sein, das er gern hören wollte.

Mein Gott, ich versteh dich doch nicht!

Sie lächelte ihn an und hoffte, Zeit zu gewinnen.

Da begann er plötzlich, die Melodie zu summen, wurde immer lauter, sang in dem leeren Flur über dem Keller der Verhöre. Die Gräfin lauschte. Es wird ein Volkslied sein, dachte sie. Irgendeine traurige Ballade aus dem Süden Rußlands. Stockend spielte sie die Melodie nach. Ja, so ähnlich. Der Posten lachte. Und nun alles noch einmal. Er sang, die Gräfin begleitete ihn. So stimmte es, ja genau so!

Hinter ihnen standen plötzlich drei junge Soldaten, klatschten den Takt mit den Händen, sangen mit.

Plötzlich aus. Der Posten klappte den Klavierdeckel heftig zu, fast hätte er die langen, zarten Hände verletzt. Keine Zeit mehr. Das Verhör wartete.

Ihr ging die Melodie nicht aus dem Kopf; auch während des Verhörs dachte sie an das fremde Lied. Auf dem Rückweg zur Zelle bat sie den Posten um Papier und Bleistift. Karascho! Er brachte eine Seite der «Roten Armee», dazu einen erbeuteten Bleistift, Marke Faber. Abgebrochen. Trotzdem vielen Dank.

Eine Nacht lang hatte sie Zeit, die Melodie in Noten zu setzen. Schrieb die Noten zwischen die vergilbten Schlagzeilen der Armeezeitung. Ein Volkslied war es, ganz gewiß, ein trauriges dazu, vielleicht Abschied, Liebe, Tod. Was man so singt im Süden Rußlands.

Als der Posten sie am nächsten Morgen wieder zum Verhör holte, zeigte sie ihm die über Nacht entstandene Partitur. So etwas hatte er noch nie gesehen, sein kleines Liedchen in Noten gesetzt. Das mußt du vorspielen, du kleine Faschistin. Er holte ihr sogar einen Schemel aus dem Keller, rief ein halbes Dutzend Kameraden zusammen. Sie sollten sein Lied hören. Gebt nur acht! So kennt ihr es nicht. Mit dieser Innigkeit, mit dem ergreifenden Vorspiel und dem leisen Ausklang. Ja, es hörte sich gut an, es war ein Lied zum Überleben, ein Lied, an das der Mensch sich klammern kann.

Der Posten klopfte der Gräfin auf die Schulter. Diese Anerkennung erfüllte sie mit größerer Genugtuung als der Beifall eines überfüllten Konzertsaales.

Aber jetzt müssen wir gehen. Und den Schemel nicht vergessen, den brauchen die unten zum Verhör.

Es folgten die milden Abende des Juni. Das Wachpersonal saß im Gefängnishof, rauchte Papyrossi, lachte, erzählte von früher und morgen. Wenn es dunkel wurde, begannen die Soldaten zu singen.

Ukrainische Volkslieder, Tatarenklänge, Totenlieder von der Wolga. Was man so singt an milden Juniabenden. Die Gräfin stand hinter dem vergitterten Fenster und nahm die Klänge auf, summte sie mit, schrieb hastig Noten an die Zellenwand, übertrug sie in das Bündel Zeitungspapier, das ihr der Posten gegeben hatte. Zum Dank für sein Lied.

Am nächsten Morgen spielte sie die Melodien vor, verbesserte die über Nacht entstandenen Notenblätter. Versuchte, die Texte zu lernen. Ach, wie sie sich freuten, wenn die Gräfin ihre Texte nachplapperte, ohne sie zu verstehen. Es kam vor, daß jemand an die Zellentür klopfte und rief: «Frau komm, Musik machen!»

Sie ließ sie vorsingen. Ließ wieder und wieder singen, bis sie die Melodie beherrschte. Und am nächsten Tag schenkte sie ihnen ein Stück Zeitungspapier mit den Noten des Liedes. Ja, sie war die große Pianista im Gefängnis von Bartenstein.

Auf der Kommandantur gab es ein Frühlingsfest. Und für so etwas braucht man Musikanten. Natürlich nicht Chopin oder Beethoven, nur die einfachen Lieder aus der russischen Steppe, die die Gräfin in Noten gesetzt hatte.

Wie lange hältst du so ein Frühlingsfest durch? Zwei Stunden Klavierspielen mit einem ausgemergelten Körper! Wo soll die Kraft herkommen? Zum erstenmal wagte sie es, Ansprüche zu stellen.

«Wenn ich spielen soll, müßt ihr mir zu essen geben.»

Ja, das versteht sich. Sie brachten ihr ein hartes Kommißbrot und eine Mütze voll mit warmen Pellkartoffeln. Dazu eine Kanne Milch. So, nun kannst du spielen, Pianista!

Es wurde ein Abend der Erschöpfung. Spielen, immer nur spielen. Jeden Wunsch erfüllen. Lächeln, wenn die Soldaten Beifall klatschten. Ein Offizier brachte ihr zur Aufmunterung ein Wasserglas, gefüllt mit Rübenschnaps, bestand darauf, daß sie das scharfe Zeug in ihren ausgepumpten Körper schüttete. Musikanten brauchen so etwas. Also gut. Sie trank es, und er war zufrieden.

Als die Gräfin nicht mehr konnte, brachte der Posten sie zurück in die Zelle des Gefängnisses, ließ sie allein mit ihren Noten, ihren Melodien. Einen Knochen mit viel Fleisch hatte er ihr zugesteckt; sie fand ihn am nächsten Morgen in der Jackentasche.

Bis Ende Juli waren in Bartenstein so viele Menschen angeschwemmt, daß es für einen Transport zum Ural ausreichte. Eigenhändig strich der Kommandant den Namen der Pianista von der

Liste. Musikanten waren gefragt in diesen Zeiten. Musikanten durften überleben.

Als die Stadt im Spätsommer an die Polen übergeben wurde, ließ der Kommandant sie rufen.

«Komm mit nach Moskau», sagte er und erzählte von den Moskauer Konzertsälen, von Flügeln, doppelt so groß wie das schäbige, schmuddelige Klavier im Gefängnis von Bartenstein. «Eines Tages wirst du im Moskauer Rundfunk spielen, Pianista.»

Aber die Gräfin wollte nach Hause.

Also gut, nach Hause. Bevor die polnischen Behörden das Gefängnis übernahmen, schrieb der Kommandant der Gräfin einen Entlassungsschein aus. Weil sie eine große Pianistin war und weil die Kunst heilig ist, hier und überall. Auch erlaubte er ihr, den Stapel Zeitungspapier mitzunehmen, die in Noten gesetzten Liedchen für Kinder und alte Leute, für Hochzeit und Liebeskummer, für Winter und Frühling. Kein Vergleich mit Schubert und Chopin, aber immerhin: Lieder zum Überleben.

Besuch von Felix

In Brest-Litowsk werden die Güterzüge von der breiten russischen Spur auf mitteleuropäische Maße umgesetzt. Felix Tarnowski sah dabei zu, sah es zusammen mit ein paar hundert Gefangenen, die im Sommer 1945 nach Deutschland heimkehrten. Eine Erklärung für diese frühe Heimkehr gab es nicht. Möglicherweise hing sie mit abhandengekommenen Namenslisten zusammen, mit überzähligen Köpfen, erfüllten Plänen oder sonstigen Merkwürdigkeiten einer perfekten Bürokratie. Genaues wird man nie erfahren.

Als der Zug auf verkleinerter Spur in westlicher Richtung davondampfte, überkam Felix Tarnowski die Unruhe. Dieser Mann, der seit 39 mitgemacht hatte, der in Kalischken einen Bauernhof besaß (groß genug, um satt zu werden), der eine Frau und zwei Kinder hatte, der ohne Verwundungen (auch das ein kleines Wunder) durch den Zweiten Weltkrieg gekommen war, dieser Felix Tarnowski fuhr Richtung Heimat.

Der Zug nahm nicht den direkten Weg über Warschau nach

Westen, sondern machte mit einem weiten nördlichen Bogen einen Abstecher in jene Wald- und Seenlandschaft, die Felix Tarnowski kannte.

«Bald kommt die Grenze», sagte er laut zu dem Mann mit dem steifen Bein, der neben ihm im Stroh lag. Die Güterwagen waren mit Brettern unterteilt; sie fuhren in zwei Schichten so wie in den herrlichen Doppeldeckerbussen von Berlin. An Aufstehen war nicht zu denken, weil der Schädel an die Decke stößt. Sitzen und liegen darfst du ausgiebig.

«Was heißt hier Grenze?» murmelte der Steifbeinige, ohne aufzublicken. «Die neue Ostgrenze wird irgendwo am Rhein liegen. Mehr lassen die von Deutschland nicht übrig.»

«Aber nein, noch zehn Kilometer, dann fängt Deutschland an!»

Felix kannte sich aus in dieser Gegend. Und richtig, bald tauchten die ersten vertrauten Namen auf, zum Beispiel das verwaschene, von Gewehrkugeln durchlöcherte Schild des Bahnhofs Lyck (Na, du hast auch bessere Zeiten erlebt). Von hier aus ein paar Stunden Fußmarsch, und Felix Tarnowski wäre in Kalischken. Ohne große Anstrengung. Er könnte in den Lehnstuhl sinken und sagen: «Mutter, bring mal einen Stippel Buttermilch, ich bin ein bißchen durstig von der Reise.»

«Gut, daß du gekommen bist, Felix Tarnowski», wird die Frau sagen. «Allein schaff ich das nicht mehr. Dieses Unkraut auf den Feldern. Und die schlechten Zeiten, Felix Tarnowski. Kein Kunstdünger. Die Pferde müssen beschlagen werden. Früher gaben die Kühe doch viel mehr Milch. Wir brauchen dich, Felix Tarnowski. Dem Gerhard, dem Lorbaß, mußt du das Fell vollhauen, der gehorcht seiner Mutter nicht mehr.»

Ist gut, ist gut, alles der Reihe nach.

Er wird das Annchen auf den Schoß nehmen. Aber überheb dich nicht, Felix. Inzwischen ist das eine zwölfjährige Margell geworden. Die setzt sich nicht mehr auf den Schoß eines zerlumpten Menschen, der verlaust aus Rußland kommt und behauptet, der Vater zu sein.

Zur Oma in die Kammer wird er gehen und sagen: «Na, Oma, bist noch immer gut zu Fuß auf deinen Schlorren?»

Nach dem Essen wird er sich auf das Kanapee legen, die alten Bilder an der Wand anstarren . . . und müde einschlafen. So stellte Felix Tarnowski sich seine Heimkehr nach Kalischken vor. Dachte immer noch daran, als der Zug auf Arys zubummelte und nach Westen in Richtung Nikolaiken abbog. Er hängte den Kopf aus der Schiebetür, um Deutschland zu sehen.

«Mensch, fall nicht aus dem Zug!» sagte der mit dem steifen Bein.

Aus dem Zug fallen? Das war das Stichwort für Felix Tarnowski. Warum nach Berlin fahren, um dort einen Entlassungsschein in Empfang zu nehmen und dann den weiten Weg zurückzutippeln nach Kalischken? Diesen Umweg konnte er sich sparen.

Gibt es in dem Zug denn keine Notbremse? Lieber Genosse Lokführer! Felix Tarnowski möchte gern aussteigen, der ist hier zu Hause. Vielleicht hältst du auf freier Strecke an, am besten in einem Wäldchen, damit Felix Tarnowski gleich untertauchen kann.

«Du hast wohl den Verstand verloren», sagte der Mann mit dem steifen Bein. «Sieh dir mal die Dörfer an. Da gibt es keinen Hund und keine Katze, von Menschen ganz zu schweigen. Hier hast du nichts verloren, Felix, du bist hier nicht zu Hause!»

Hatte der 'ne Ahnung, wie gemütlich Kalischken ist!

«Wenn alles vorbei ist, mußt du mich mal besuchen», sagte Felix zu dem Steifbeinigen.

«Wann soll das sein?» brummte der Mann. «Die Welt kommt doch nie mehr in Ordnung.»

Lieber Genosse Lokführer! Wenn du schon nicht anhalten kannst, so fahre ein bißchen langsamer. Ruh dich aus in dieser schönen Landschaft, zähle die Seen zur Rechten und zur Linken.

Tatsächlich verlangsamte der Zug das Tempo, fuhr über eine Notbrücke, kam fast zum Stillstand auf dem ächzenden Holz, ließ Felix Tarnowski Zeit, ins hohe Farnkraut zu kullern. Vier Umdrehungen abwärts, ein Baumstumpf hielt ihn auf. Er hörte das Rattern der Räder, sah den letzten Wagen hinter einer Biegung verschwinden . . . und war ein freier Mensch und fast zu Hause. Ameisen krochen über den zerschlissenen Militärmantel. Grashüpfer beäugten den seltsamen Menschen, der den Bahndamm herabgekommen war. Steh auf, Felix Tarnowski, die Heimat ruft! Aber sei vorsichtig. Meide die Dörfer und die großen Straßen, denn du bist ein entlaufener Gefangener, der es im Güterzug nach Berlin nicht ausgehalten hat. Durch die Wälder mußt du gehen. Schleiche dich auf Feldwegen an Kalischken heran, ducke dich tief, krieche auf allen vieren über deine Äcker.

Am späten Nachmittag stand er in seinem Roggenfeld, griff mit beiden Händen in die noch weichen Ähren, zog Disteln aus der Erde, die dem Wachsen des Brotes im Wege standen. Einen Monat noch bis zur Ernte.

Nach dem Roggenacker begegnete ihm die Wildnis. Wo Kartoffeln wachsen sollten, blühte der Hädrich. Keine Rüben gepflanzt in diesem unglücklichen Jahr. Keinen Hafer für die Pferdchen.

Wo grasten Felix Tarnowskis Kühe?

Nach der letzten Biegung des Weidenweges sah er Kalischken im üppigen Grün des Sommers. Aus der Ferne lieblich wie immer, doch jeder Schritt brachte ihn dem Unheil näher. Hinter Holunderbüschen entdeckte er Häuser ohne Dach, einsame Schornsteine. Auf der Dorfstraße Gras zwischen den Steinen. Es lag eine merkwürdige Stille über Kalischken. So als wären alle Menschen aus den Häusern gegangen, um einem großen Begräbnis zu folgen. Sein Hof unversehrt, Gott sei Dank.

Ist denn keiner da in Kalischken?

Als er vor der Auffahrt stand, bekam er Angst, sein Anwesen zu betreten. Die aufgeweichten Möbel in den Brennesseln. Bettzeug über hochgekanteten Eggen und Pflügen. Wo waren die Fensterscheiben geblieben? Offene Scheunentore. Die Stalltür aus den Angeln.

Er fürchtete, in der Küche Ratten und Eulen anzutreffen. Oder eine verweste Leiche. Er durchstöberte den Garten, gab es erst auf, als er über den Kadaver einer Kuh stolperte . . .

Es mußte doch Menschen geben, die zu allem etwas zu sagen hatten! Felix Tarnowski begann zu laufen, rannte die Straße abwärts, suchte Menschen, die Rede und Antwort stehen konnten. Hört mal zu, ihr könnt den Felix Tarnowski, der aus dem fernen Rußland heimgekehrt ist, nicht allein lassen!

Aber immer wieder die abweisende Stille, die wuchernde Wildnis, der schimmelnde Unrat. Häuser ohne Rauch und Feuer, bewohnt von Kakerlatschen, versprengten Kaninchen, Fledermäusen und heimgekehrten Schwalben, Häuser mit Spinngeweben in den Fensterkreuzen . . . War das eine Heimkehr!

Kaum eine Stunde zu Hause und schon überkam ihn die Sehnsucht nach der stinkenden Wärme des überfüllten Güterwagens, nach jenem Menschen mit dem steifen Bein, der die Ostgrenze am Rhein ziehen wollte. Auch Sehnsucht nach den spärlichen, aber regelmäßigen Suppenportionen an den großen Bahnhöfen.

Sie hätten eine Nachricht für ihn hinterlassen sollen. Einen Zettel an der Stalltür. Wo sollte er sie suchen?

Sie werden rechtzeitig abgehauen sein, die Kinder und die Frau. Werden dort leben, wo von Deutschland noch etwas übriggeblieben ist, am Rhein vielleicht.

Felix Tarnowski schlief in seiner Scheune, wühlte sich tief in die noch ungedroschenen Roggengarben des Jahres 44. Schlief dort zwei Wochen lang. Immer wenn er wach wurde, versuchte er, mit der Arbeit zu beginnen, brachte aber nichts zustande. Holte die Sense vom Stallboden, um das kniehohe Unkraut im Gemüsegarten zu mähen. Aber für wen mähst du Unkraut, Felix Tarnowski?

Als er es nicht mehr aushielt in dem menschenleeren Kalischken, machte er sich auf, um der Frau und den Kindern zu folgen. Nach Westen marschieren, bis das bißchen Deutschland anfängt, das noch übriggeblieben ist. Am Rhein ankommen, bevor der Herbstregen einsetzt.

Schon am dritten Tag seiner Wanderung wurde er – ein paar Kilometer hinter Allenstein – von einer Militärstreife aufgegriffen. Drei Monate nach Ende des Krieges erneut gefangengenommen. Ein versprengter deutscher Soldat ohne Entlassungspapiere. Felix Tarnowski fuhr im Güterzug zurück nach Rußland und kam, wie der Zufall es im großen Rußland manchmal einrichtet, in das kälteste aller Lager oben am Eismeer. Dort in Workuta ist er gestorben, Mitte Februar 46. Den Rhein hat er nicht mehr gesehen, aber Kalischken hat er besucht im menschenleeren Sommer 45.

Begegnung in Tula

Es gab ein Lager in der Nähe Tulas von so beträchtlichen Ausmaßen, daß ein gesunder Mensch einen halben Tag brauchte, es zu umwandern. In diesem Lager saß Bauer Grigoleit und dachte an Kalischken. Hatte eine weite Fläche vor sich, nur unterbrochen von einem rostenden Stacheldraht, einer Überlandleitung und einem Birkenwäldchen. Aber sonst eine endlose Fläche, die den Gedanken freien Raum ließ. Er saß oft vor dieser Fläche und sah der Sonne nach, bis sie im weit entfernten Dorfteich von Kalischken untertauchte

Fünf Monate lang dachte er so vor sich hin. Dachte an seine Pferde und Kühe, an die Frau und den Jungen, das einzige Kind. Dieses Nachdenken hatte angefangen im März 45 mit jenem Menschentransport, der von Insterburg aus auf die Reise gegangen war. Vier Wochen Herumbummeln im weiten Rußland, bis endlich in Tula ein paar Holzbaracken durch den Tod ihrer Insassen frei wurden und der Transportzug grünes Licht zur Einfahrt in den Lagerbahnhof erhielt. In Tula hatte Bauer Grigoleit die Heuernte von Kalischken verpaßt. Auch beim Getreide war er nicht dabei gewesen, an Kartoffeln und Rüben war nicht zu denken. Ein Jahr des Jammerns. Du sitzt weit entfernt in einem Lager und kannst nichts machen, während zu Hause der Hof verkommt. Na, die Frau wird das Schlimmste verhüten. Seine ganze Hoffnung war die Frau. Sie wird mit dem Jungen heimgekehrt sein. Sie wird den Hof zusammenhalten. Ja, die Frau verstand etwas davon.

Warum bist du nach Tula gefahren, Bauer Grigoleit? Die feldgraue Uniform hast du nie getragen, denn du warst nicht mehr der Jüngste und hattest kranke Füße. Hast auch nicht Gewehre und Handgranaten in der Scheune aufbewahrt, weder polnische noch russische Kriegsgefangene geschlagen. In deinem Kleiderschrank hat niemand eine braune Uniform gefunden und auf dem Dachboden keine eingerollte Hakenkreuzfahne. Dein ganzes Unglück: Du warst zufällig da, als alle gesammelt wurden, als sie Musterung hielten, um noch ein paar Kreaturen für den Steinbruch in Tula zu suchen. Da nahmen sie dich.

Eigentlich geht es mir gut, redete er sich ein, wenn er (dafür gab es Extraportionen Suppe) mithelfen mußte, die Leichen der Nacht in das Birkenwäldchen zu karren. Unter ihnen junge Burschen, die nach fünf Monaten Steinbruch die Schaufel hingeschmissen hatten. Nein, das ist nicht jedermanns Sache. Aber wer auf den Feldern von Kalischken gearbeitet hat, ist abgehärtet, der hält es auch ein Weilchen im Steinbruch von Tula aus.

Ein Glück nur, daß sein Kind gut aufgehoben war. Zehn Jahre war die Frau jünger als er. Und kerngesund. O das zählt in diesen Zeiten. Und tüchtig ist sie. Die kann arbeiten! Sie wird den Jungen großziehen, ihn zum Bauern in Kalischken machen. Sie wird ihm erzählen von dem Vater, den sie nach Tula geholt haben, um Steine zu schlagen.

An einem Tag im frühen Herbst marschierten sie zum Bahnhof, um Holz zu entladen. Es regnete heftig, und der Posten gestattete ihnen, zwischen den Gleisen ein Feuer anzuzünden, das sie mit der Borke speisten, die von den langen Fichtenstämmen fiel. Ein Feuer zum Händewärmen und Schuhetrocknen. Da tauchte am späten Nachmittag ein Güterzug vor dem Bahnhof von Tula auf. Wartete auf das Einfahrtsignal, dampfte durch die Regenschwaden, lief bedächtig in Tula ein und kam neben den Fichtenstämmen zum Stehen. Ein Zug voller Menschen.

«Das sind ja Frauen!» schrie einer.

Ist hier Endstation?

Ja, hier ist die Welt zu Ende. Aber ihr müßt warten, bis sich die Postenkette formiert hat, die euch begleiten wird zu den Verschlägen im Lager.

Bauer Grigoleit hörte plötzlich seinen Namen.

Da blickte ein Gesicht aus der halbgeöffneten Schiebetür, ein Gesicht, das er kannte, das seinen Namen wußte.

Mein Gott, die Frau! Er wollte zu ihr laufen, doch der Posten hielt ihn zurück, zwang ihn, vier Gleise vor dem Güterzug stehenzubleiben. Die wollen hier keine feierlichen Wiedersehensszenen.

«Wo ist der Junge?» rief Bauer Grigoleit zu der halbgeöffneten Schiebetür.

«In Kalischken.» Die Antwort kam von sehr fern. Der Abstand war so groß, daß er die Tränen im Gesicht der Frau nicht erkennen konnte. Deshalb schrie Grigoleit durch den Regen: «Wie kann eine Mutter ihr Kind allein lassen?!»

«Danach fragen die nicht.»

Er verbarg das Gesicht in beiden Händen, in den abgearbeiteten, schwieligen Steinschlägerhänden.

«Als sie mich holten, gab es schon wieder ein paar Menschen in Kalischken», sagte die Frau. «Die kümmern sich um das Kind, bis wir wiederkommen.»

Grigoleit schüttelte den Kopf.

«Du willst eine Mutter sein!» schrie er den Güterzug an. «Mütter lassen sich mit Ketten an ihre Kinder schmieden! Die lassen sie nicht allein!»

Das Gesicht in der Schiebetür verschwand.

Er rief ihren Namen.

Fremde Gesichter tauchten auf, bedeuteten ihm, weiterzugehen.

Auch der Posten drängte ihn zurück. Du hast genug angerichtet, Bauer Grigoleit. Geh an deine Arbeit!

An den folgenden Tagen suchte er sie vergeblich. Jede freie Stunde wanderte er vor dem Zaun des Frauenlagers auf und ab. Aber es gelang ihm nicht, die Frau zu Gesicht zu bekommen. Sie soll, so erzählte man sich in den Lagerbaracken von Tula, am Tage ihrer Ankunft gestorben sein. Nicht an Hunger oder Krankheit, einfach so an gebrochenem Herzen.

Irina oder Die Uhr

Kennen Sie Leningrad? Nicht das zerschossene, belagerte, ausgehungerte Leningrad, in dem die Kinder von Ratten und Mäusen lebten. Ich meine das heitere Leningrad mit dem geschäftigen Newski-Prospekt und den geheilten Wunden. Die Endstation gemütlicher Bummelfahrten über die Ostsee. Sonnenuntergänge über der Newa.

Da fuhr im heißen Sommer 75 ein Reisebus durch die nordische Stadt, erträglich klimatisiert, grünlich mattierte Fensterscheiben. Zwanzig, vielleicht auch fünfundzwanzig Menschen, die nur mit Mühe ihren westlichen Wohlstand verbergen konnten, fuhren aus, um einen Schauer Oktoberrevolution über ihren Rücken zu jagen.

Neben dem Fahrer stand Irina, Studentin der Architektur. In ihrer Freizeit führte sie Leningrad vor. Ein Mädchen von natürlicher Frische, ein Kranz blonder Haare, nicht schön, aber auch nicht häßlich. Irina war stolz auf ihre Stadt und die Heldengeschichte Leningrads. Solche Menschen braucht man zum Vorführen.

«Drüben liegt der Kreuzer Aurora, seine Kanonen gaben 1917 das Signal zur Revolution.»

Irina sprach in eckigem Schuldeutsch und gab ihre private Erläuterung des schönen Namens:

«Aurora hieß die römische Göttin der Morgenröte. Und das, was Sie hier sehen, war die Morgenröte der großen Weltrevolution.»

Na also.

Die Reisenden blickten in das träge fließende Wasser der Newa, in dem die Morgenröte für alle Ewigkeiten vor Anker gegangen war.

Nur die Frau in der zweiten Reihe nicht. Sie war weder vom Sturm auf das Winterpalais des Zaren noch von der Kanonade des Kreuzers Aurora zu beeindrucken. Sie starrte Irina an, als wäre sie eine alte Bekannte, deren Name in Vergessenheit geraten ist, die man sicher zu kennen glaubt, aber doch nicht erkennen kann.

«Vor dem Besuch der Eremitage machen wir einen Abstecher zum Ehrenfriedhof für die Opfer der Belagerung», sprach Irina über die Köpfe hinweg. «Da haben wir Zeit für eine Gedenkminute.» Oh, Gedenkminuten sind immer gut. Die Frau in der zweiten Reihe nahm das Wort auf, begann zu denken, dachte immer weiter zurück . . . vonwegen Gedenkminuten, das wurden Jahre und Jahrzehnte.

«Für den Skythenschatz haben wir nur eine Viertelstunde.»

Das war Irina, die ihnen den Weg wies, die ihre Gruppe zusammenhielt, die alles wußte . . .

«Ich habe eine große Bitte», sagte die Frau, als die Rundreise beendet war. «Trinken Sie mit mir eine Tasse Kaffee. Bitte, sagen Sie nicht nein!»

Irina hatte nur wenig Zeit, denn in einer halben Stunde mußte sie wieder mit dem Bus durch das sommerliche Leningrad fahren, um die Göttin der Morgenröte zu begrüßen.

Sie suchten ein Café in der Nähe auf. Die weißen Tischchen standen auf dem Boulevard. Südliches Straßenleben in der Stadt des großen Peter.

«Was ist das für eine hübsche Armbanduhr?» fragte die Frau, als sie sich gegenübersaßen. Sie ergriff Irinas Arm und betrachtete die goldene Uhr mit den römischen Ziffern.

«Das ist ein altes Erbstück», lachte Irina. «Mein Vater hat die Uhr aus dem Großen Vaterländischen Krieg heimgebracht.»

«Ich möchte Ihnen die Uhr abkaufen», sagte die Frau. Irina schüttelte heftig den Kopf.

«Meine Mutter hat sie zur Hochzeit geschenkt bekommen, und nach dem Tod der Mutter gehört die Uhr mir.»

Die Frau bat darum, das Kleinod in die Hand nehmen zu dürfen. Sie betrachtete die Uhr von allen Seiten, als verstünde sie sehr viel von Uhren.

«Es ist übrigens eine deutsche Uhr», sagte Irina. «Sie geht sehr genau. Wie sagt man bei euch?: Es ist gute deutsche Wertarbeit.»

Irina lachte, aber die Frau nahm es nicht wahr. Sie hielt die Uhr in

Händen, diesen kleinen Gegenstand, der alles aufriß, der sie dreißig Jahre zurückschleuderte in einen Straßengraben mit gestrandeten Fuhrwerken. Ein Soldat zog ihr den Ring vom Finger, riß die Kette von ihrem Hals. Zum Schluß nahm er ihr die Uhr, diese Uhr.

«Sie können jeden Preis fordern», sagte die Frau. «Wenn Sie wollen, zahle ich auch in Devisen.»

«In Leningrad gibt es so viele schöne Uhren. Warum muß es gerade diese sein?»

Darf man dir das erzählen, Irina? Wo du erst fünf Jahre nach dem Großen Vaterländischen Krieg geboren bist? Was soll das Kind von seinem Vater denken? Muß es nicht einmal ein Ende haben? Müssen nicht die Uhren, die das Böse immer im Kreis herumtragen, einmal zu schlagen aufhören?

«Weil mir die Uhr gefällt», sagte die Frau und streifte sie Irina wieder auf den Arm.

Was sind dreißig Jahre im Leben einer Uhr? Kann man noch sagen: das ist meine Uhr?

Der Busfahrer hupte.

«Kommen Sie», versuchte die Frau es zum letztenmal. «Wir gehen drüben in das Geschäft. Ich kaufe Ihnen die schönste Uhr, die Sie haben wollen, aber Sie müssen mir diese schenken!»

Irina sprang auf, weil der Busfahrer schon wieder hupte. «Oder geben Sie mir Ihre Adresse. Ich werde Ihnen schreiben. Wir müssen unbedingt in Verbindung bleiben. Ich komme wieder nach Leningrad.»

Irina kritzelte ihre Adresse auf einen Fetzen Papier. Dann rannte sie über die Straße.

Was sind das für Menschen, die alles für eine Uhr preisgeben wollen? Nein, Irinas Uhr war nicht zu verkaufen. Um keinen Preis. Wie gesagt, es war ein altes Erbstück, eine Erinnerung an Irinas großen Vater. Außerdem war es gute deutsche Wertarbeit.

Wie betäubt ging die Frau den Boulevard abwärts. Als sie auf der Newabrücke stand und der frische Seewind ihr Gesicht kühlte, wurde sie ruhiger. Sie betrachtete den Zettel in ihrer Hand. Irina Walewska, geboren vielleicht 1950, ohne Schuld am Großen Vaterländischen Krieg. Die Frau zerriß den Zettel und ließ die Fetzen in die Newa taumeln, wo sie von den Wellen ergriffen und zur Göttin der Morgenröte getragen wurden.

Dreißig Jahre später. Es wird nun langsam Zeit, nach Hause zu fahren. Mal sehen, ob das Kornche gut steht und der Kruschkenbaum Früchte trägt, ob die Klapperstörche wie früher in den Teichwiesen nach Poggen jagen und die Kornmuhme über die Felder geht. Zeit, ein bißchen in der Ecke zu weinen, in der die Oma die Wiege geschuckelt hat. Auch eine Tüte Erde mitbringen, um damit westfälische oder holsteinische Geranientöpfe zu füllen. Das alles läßt sich machen nach dreißig Jahren.

«Halt an, Jungche», sagte Opa Blaschke, «jetzt sind wir in Ostpreußen.»

Das war so in der Gegend von Elbing, noch weit von Kalischken entfernt. Heinz lenkte das Auto an den Straßenrand und schaltete den Motor ab. Mal sehen, was der Alte vorhat. Heinz war der Enkel des Opa Blaschke. Hatte bei Siemens Elektrotechnik gelernt und verdiente schon ordentlich. Seit dem letzten Sommer gehörte ihm das Auto, so ein glänzender Käfer. Opa Blaschke hatte von seiner Rente ein paar Tausender dazugegeben.

«Aber dafür mußt du mich nach Kalischken fahren, Jungche», hatte er gesagt.

Also gut, nun fuhren sie nach Kalischken. Für seinen Opa war das eine aufregende Fahrt. Der machte einen Zauber um Kalischken, als sei es der wundervollste Flecken der Erde. Der wollte vor dem Sterben noch einmal nach dem Rechten sehen. Wollte irgendwelche Geheimnisse lüften, etwas suchen, was er in Kalischken verloren hatte. Na, was ist schon zu finden in so einem verschlafenen Nest an der russischen Grenze?

Opa Blaschke fummelte an dem neumodischen Sicherheitsgurt herum, brauchte ein bißchen Zeit, bis seine Füße Ostpreußen betreten konnten.

«Im Regen sieht es nicht besser aus als bei uns an der Wesermündung», sagte Heinz.

Wo denkst du hin, Jungche? Opa Blaschke blickte durch die Regenschwaden hindurch, blickte dreißig Jahre rückwärts, sah sich und seine Anna bei der Heuernte auf den Teichwiesen von Kalischken, sah auch einen schönen Sonnenuntergang im Juni . . . während die Tropfen auf das Autodach pladderten. «Mach den Dudelkasten aus, Jungche.»

Heinz würgte die Musik ab, steckte eine Zigarette an und stippte Asche aus dem Fenster auf die ostpreußische Erde. Barhäuptig stand der Alte auf der Landstraße, lauschte dem Lerchengetriller und wollte den ersten ostpreußischen Kuckuck hören. Aber wirklich, bei Regen ist das nuscht, verdirbt die ganze Stimmung.

Als sie Kalischken erreichten, regnete es nicht mehr. Während Heinz mit dem Fotoapparat herumlief, um Kalischken von unten und oben, von vorn und hinten zu knipsen, kam Opa Blaschke nicht von der Stelle. Der stand auf dem hundert Jahre alten Kopfsteinpflaster und hatte Wasser in den Augen. Na ja, mit alten Menschen ist das so, dachte der Elektrotechniker von Siemens. Er ließ seinem Opa Zeit, sich an Kalischken zu gewöhnen.

Sie fuhren auf das zu, was Opa Blaschkes Hof gewesen war. Fünfundsiebzig Morgen Land, vom fruchtbarsten, wie man sich denken kann. Dazu ein bißchen Wald, an die fünfundzwanzig Kühe – und was für Biester, dick wie die Drangtonnen – acht Pferde im Stall, einen Garten voller Schweine. Opa Blaschke zählte alles auf. Sie fuhren langsam, um die Enten und Gänse an der Auffahrt nicht zu verjagen. Der Hofhund schlug an, machte ein gehöriges Spektakel, als er den glänzenden Käfer auf sich zurollen sah. Zwei Kinder, die im Matsch gespielt hatten, rannten ins Haus, sahen so aus, wie man sich polnische Kinder vorstellt: barfuß, blond, nicht gerade reinlich, den Patschlöchern auf dem Hof angemessen. Eine Frau trat in die Tür. Gummistiefel an den Füßen. Eine Schürze um den Leib, so ein Stück Kodder, wie man es in Kalischken zum Schweinefüttern und Kühemelken umbindet. Stand scheu auf der Schwelle, während die blonden Köpfe an der schmutzigen Schürze vorbeilugten. Der Hund bellte immer noch, riß an der Kette, als wären sie Diebe oder Einbrecher. Eines der Kinder lief über den Hof zu den Stallungen, wollte wohl den Papa holen. Im Garten wühlte eine alte Oma im Gemüse; ein größeres Mädchen half ihr beim Jäten.

Opa Blaschke hatte wieder Schwierigkeiten mit dem Sicherheitsgurt. Endlich stand er draußen, stand auf *seinem* Hofpflaster, hatte *sein* Haus zum Greifen nahe. Er nickte der Frau zu, versuchte ein freundliches Gesicht zu machen (die sollen wissen, daß man keine bösen Absichten hat!). Glaubte, eine Erklärung schuldig zu sein, warum er mit einem so blitzblanken Auto auf diesen dreckigen Hof gefahren kam. Und so entfuhr ihm der Satz: «Das ist mein Hof.»

Er machte eine Handbewegung, die Ställe, Haus und Garten, auch das ganze Ackerland hinter dem Feldweg einschloß.

«Wie kannst du das sagen, Opa?» mischte sich Heinz ein. «Wenn du so anfängst, lassen die dich nicht ins Haus.»

Das Mädchen aus dem Garten schaute über die Johannisbeersträucher. Sieht niedlich aus, dachte Heinz und wunderte sich, daß ihn die nackten Füße, das von der Gartenarbeit beschmutzte Kleid und die von keinem Haarfestiger je berührten wirren Haare nicht störten. Eine richtige unverfärbte Naturschönheit. «Goschia!» rief die Frau. Da kam das große Mädchen aus dem Garten, ging barfuß mit gesenktem Kopf an ihnen vorüber. Goschia sprach ein wenig Deutsch. Von der Schule her. Sie hatte schon Deutschland besucht: zwei Wochen Ferienlager gleich hinter Frankfurt an der Oder.

Heinz holte zwei Tafeln Schokolade aus dem Handschuhfach, ging damit auf die Kinder zu. Erst einmal die Kinder gewinnen. Die blickten fragend an den Gummistiefeln hoch. Als die Frau nickte, griffen sie zu.

«Ihr müßt danke sagen», versuchte sich Goschia in deutsch. Aber bevor die Kleinen zum Dankesagen kamen, erschien Stanislaus Mierek in der Stalltür. Ging bedächtig, eine Forke auf der Schulter, dem Besuch entgegen. Ja, er konnte sich schon denken, was das für Leute waren. Da kamen jetzt öfter welche aus dem Westen nach Kalischken. Wollten alte Strohdachhäuser zum letztenmal sehen, bevor sie starben. Stanislaus Mierek konnte die Menschen gut verstehen, hatte auch ein altes Strohdachhaus weit östlich des San, wollte es noch einmal sehen, bevor er starb. Opa Blaschke sprach ein wenig Polnisch, Stanislaus Mierek verstand ein paar Worte Deutsch . . . das hatten die Zeiten so mitgebracht.

Der Mann machte eine einladende Geste. Sollte wohl heißen: das Haus steht dir offen, Opa Blaschke. Die Kinder wichen scheu zur Seite. Goschia lief voraus und öffnete die Türen. Opa Blaschke berührte den Türpfosten – seit dreißig Jahren ohne Farbe! –, aber immerhin sein Türpfosten. Ein paar Katzen flüchteten durch die Hintertür. In der guten Stube flimmerte das Fernsehen. Nein, so mit Television hatte sich Opa Blaschke seine gute Stube nicht vorgestellt.

Platz nehmen. Die Beine ausstrecken. Bequem machen. Freundlichkeit. Goschia stand an der Tür, um bei sprachlichen Verwicklungen auszuhelfen, aber die beiden Alten kamen gut zurecht. Wenn sie nicht verstanden, lachten sie. Das half, das überbrückte. Die Kinder tauchten wieder auf, nun mit sauberen Kleidern, das Mädchen mit einer roten Schleife im Haar. Sie standen neben Goschia und knabberten an der mitgebrachten Schokolade. Die Frau trug Brot in die gute Stube, auch Rauchwurst und eine fast leere Flasche Wodka. Als Opa Blaschke die Buddel sah, ging er zum Auto und holte seinen Klaren, Fürst-Bismarck-Korn aus dem Westen. Schenkte die Flasche Stanislaus Mierek, der sich ehrlich freute. Er betrachtete aufmerksam das Etikett, hatte weit entfernt schon mal von einem Menschen namens Bismarck gehört. Ob sie im Westen auch Adolf-Hitler-Korn haben, wollte Stanislaus Mierek wissen. Nein, haben wir nicht. Sie aßen und tranken. Vor dem Fenster schnatterten die Gänse. Das Jungvieh blökte hinter dem Gartenzaun. Die Schwalben flogen mit bemerkenswerter Beharrlichkeit durch das Küchenfenster zu ihrem Nest im geräumigen Flur. Die Kinder saßen auf Opa Blaschkes Schoß und lernten deutsch zählen: eins . . . zwei . . . drei . . . Goschia huschte lautlos um den Tisch und schenkte Tee ein, wenn eine Tasse leer war.

«Sie wird einmal nach Berlin fahren», sagte Stanislaus Mierek. «Meine Goschia fährt nach Berlin!»

Dabei ließ er offen, welches Berlin er meinte. Vielleicht wußte er auch nicht, daß es zwei Berlin gibt. Die feinen Unterschiede brauchen lange, bis sie einen so fernen Winkel der Welt wie Kalischken erreichen.

Stanislaus Mierek lud den Besuch ein, länger zu bleiben. Ein paar Tage wenigstens. Die Frau richtete schon das Schlafzimmer her. Sie und Stanislaus würden auf dem Heuboden schlafen, in der warmen Jahreszeit machte das keine Umstände.

Für ein Stundchen konnte Opa Blaschke sich freimachen. Er wollte allein sein. Während der Junge am Auto herumpuschelte, ging er über den Hof (an der Stalltür hingen noch seine verrosteten Hufeisen), wanderte durch den Garten (Pflaumenbäume, nichts als Pflaumenbäume, alle nach dem Krieg gepflanzt) und erreichte die Stelle, an der die Scheune mit dem Storchennest gestanden hatte (die zusammengebrochenen Reste waren in einem kalten Winter verheizt worden).

Lange blieb er hinter dem Stall stehen. Der Komposthaufen lag noch an der gleichen Stelle, an der er ihn vor dreißig Jahren zurückgelassen hatte. Opa Blaschke maß fünf Schritte vom Stallgiebel geradeaus, dann drei Schritte rechts. Da mußte es sein. Er markierte die Stelle mit einem Stock, den er ins Erdreich trieb.

Und dann die Felder. Der Weg zu den Wiesen fast zugewachsen, die Weidenbäume – nun schon dreißig Jahre älter – morsch und hohl. Im Vorbeigehen riß er Disteln aus seinem Hafer, wie er es immer getan hatte, wenn er über die Felder gegangen war. Er freute sich über das kniehohe Gras auf den Wiesen, das bald gemäht werden mußte.

Während Opa Blaschke die Erde von Kalischken ausmaß, Bäume, Büsche, Zäune und Gräben begutachtete, kratzte Heinz mit dem Schwamm die Mücken vom Autolack. Ab und zu blickte er über den Gartenzaun zu Goschia, die für das Abendbrot Frühkartoffeln ausbuddelte. Die beiden Kleinen lagen auf den Knien und sammelten die Kartoffeln in einen Korb. Sie waren schon wieder dreckig, die Gesichter, wobei schwer zu unterscheiden war, ob das von der Schokolade oder der Kartoffelerde kam.

Stanislaus Mierek kehrte vom Teich zurück. Er hatte ein paar Karauschen gefangen, und an der Angel hing ein Hecht, fast einen Meter lang. Das alles wurde von der Frau gebraten und mit Fürst-Bismarck-Korn und Wodka und Bratkartoffeln verrührt. Es gab einen richtig gemütlichen ostpreußischen Abend, wenn nur nicht der dämliche Fernseher in der guten Stube vor sich hingeflimmert hätte. Sender Warschau zeigte einen heroischen Film über die Verteidigung der Westernplatte im September 39. Stanislaus Mierek schämte sich ein bißchen für Sender Warschau, weil die Deutschen in dem Film schlecht wegkamen. Wo er gerade Besuch aus Deutschland hatte.

Das war eine Nacht! Heinz schnarchte wie ein Ratz; für den war das hier nichts anderes als ein notdürftiges Urlaubsquartier in Dänemark oder Spanien. Aber Opa Blaschke! Nein, nicht zum Einschlafen, diese Nacht. Er stand auf, als der Mond über dem Teich von Kalischken hing. Setzte sich vor die Tür. Sah dem Mond zu. Freundete sich mit dem Hofhund an. Hörte die Fische im Teich springen. Weit entfernt an der Schleuse gluckerte das Wasser.

Als er gewiß war, daß außer ihm alle schliefen, holte er den kleinen Spaten aus dem Auto, den der Junge mitgenommen hatte wegen der ostpreußischen Matsch- und Sommerwege. Damit steuerte er auf den alten Komposthaufen hinter dem Stall zu. Nahm noch einmal Maß. Fing an zu graben. Grub vor sich hin, bis der Mond unterging und er die Taschenlampe zu Hilfe nehmen mußte. Als er einen Meter tief gegraben hatte, stieß sein Spaten auf Widerstand. Kein Zweifel, das war Holz. Er buddelte noch ein bißchen, bis die alte, morsche Kiste deutlich zu erkennen war. Als er sie mit Mühe aus dem Erdreich gehoben hatte, gab das Holz nach. Es klirrte und schepperte in Opa Blaschkes Kiste. Und dann lag es vor ihm, das Silber der Familie Blaschke. Mit Grünspan überzogen natürlich, stumpf und unansehnlich geworden. Nach dreißig Jahren ist nicht mehr viel zu erwarten. Da werden wir ordentlich putzen müssen, um das wieder blank zu kriegen. Otto Blaschke beugte sich über sein Silber, betrachtete jedes Stück im Schein der Taschenlampe.

«Na, hast du was gefunden?» fragte plötzlich die Stimme von Stanislaus Mierek. Opa Blaschke sah den freundlichen kleinen Polen an der Stallwand stehen.

«Ich hoffe, du verstehst mich», murmelte er entschuldigend. «Damals, als hier alles drunter und drüber ging, haben wir die Kiste vergraben . . . War wohl im Januar 45 . . . Wollten sie später wieder abholen, aber du weißt ja, wie alles gekommen ist.»

Stanislaus Mierek half mit, das Silber ins Haus zu tragen, die Messer, Gabeln und Teelöffel, einen Tortenheber, eine Zuckerzange, eine Schale und weiteren silbrigen Krimskrams, den die Generationen der Blaschkes in Kalischken zusammengetragen hatten: Taufgeschenke, Konfirmationsgeschenke, Hochzeitsgeschenke. Das lag nun auf dem Küchentisch, und die beiden Männer saßen sich gegenüber und starrten die verschimmelte Herrlichkeit an.

«Das schenke ich deiner Frau», brach Opa Blaschke das Schweigen.

Stanislaus Mierek schüttelte den Kopf.

«Ich werde dir etwas schenken», sagte er laut. Er begann, im Silber zu wühlen, brachte einen Wandteller zum Vorschein, das Tannenbergdenkmal in Silber. Das sollte Opa Blaschke mitbekommen als Erinnerung an Kalischken.

So war das also. Stanislaus Mierek betrachtete das verschmutzte Silber als sein Eigentum, gefunden auf seinem Grundstück, hinter seinem Komposthaufen.

«Aber ich habe das hier vergraben», behauptete Opa Blaschke. «Da steht mein Name.»

Er hielt Stanislaus Mierek einen Teller unter die Nase, auf dem eingraviert stand: Otto Blaschke, Schützenkönig von Kalischken, September 1933.

Es machte auf Stanislaus Mierek keinen Eindruck. Da kann jeder kommen nach dreißig Jahren und sagen: ich habe etwas vergraben bei dir und werde es ausbuddeln und mitnehmen in ein fernes Land. Dieser Hof gehörte ihm, Stanislaus Mierek. Und die Äcker dazu. Und der Komposthaufen mit allem, was drauf und drunter ist. Es traf seine Ehre, daß er das alles, na sagen wir mal, nur geliehen haben sollte, auf Abruf behalten durfte, bis der rechtmäßige Eigentümer heimkehrte.

Es ging nicht gut aus. Mitten in der Nacht begannen sie zu streiten um den Grünspan. Bis alle wach waren, sogar die Kinder weinten. Stanislaus Mierek sagte, er werde die Miliz holen, sofort am frühen Morgen. Und Opa Blaschke dachte, das sei nicht einmal das schlechteste. Die Polizei wird ihm zu seinem Recht verhelfen, denn dazu ist die Polizei da, in allen Ländern.

Am nächsten Tag war schönes Wetter in Kalischken, aber die beiden Männer gingen sich aus dem Wege. Opa Blaschke sprach von Abreise, Stanislaus Mierek schippte die Kuhle hinter seinem Komposthaufen zu. Der Elektrotechniker von Siemens schlenderte durch Ställe und Gärten, hielt sich immer dort auf, wo Goschia gerade Schweine fütterte, Kälber tränkte, Wasser pumpte oder Suppenkraut pflückte.

Beim Mittagessen brachten Goschia und Heinz die beiden Alten zusammen.

«Warum wollt ihr euch um das dämliche Silber streiten?» sagte Heinz. «Man kann es doch teilen.»

Goschia schlug vor, Messer, Gabeln und Löffel in Polen zu lassen. Die persönlichen Erinnerungsstücke wie Tannenbergschale, der 1. Preis vom Schützenfest, auch ein Pferdekopf aus Silber mit dem Namen Anna und Otto und dem Datum 3. Juni 1924 sollten auf die Reise nach Deutschland gehen.

Ja, da läßt sich drüber reden. Man kann auch ein Kornche drauf trinken und einen Wodka und dabei die aufgewärmten Reste des gebratenen Hechts essen.

Sie waren sich einig, wollten gerade mit der Verteilung beginnen, als die Uniformierten in der Tür standen. Zwei Mann von der Miliz. Die machten ein feierliches Gesicht, und der Anführer sprach etwas, was Goschia so übersetzte:

«Alle Schätze, die in der Erde Polens gefunden werden, gehören dem polnischen Volk!»

Im Namen des polnischen Volks beschlagnahmte der alles, was auf Stanislaus Miereks Küchentisch lag, einschließlich Grünspan, Komposterde und moderigen Holzsplittern. Es half nichts, daß Stanislaus Mierek zu toben anfing. Auch Opa Blaschke suchte nach Einwänden. Wie nun, wenn das hier gar nicht die Erde Polens wäre, sondern die Erde des Otto Blaschke oder des Stanislaus Mierek? Nein, das zählte nicht! Die kratzten die Schätze vom Tisch, schütteten das Silber in einen mitgebrachten Sack (einen ganz gewöhnlichen Kartoffelsack!), um es dem polnischen Volk zu bringen. Da ging er hin, der Silberteller vom Schützenfest in Kalischken Anno 33. Das Volk hatte ihn. Für immer. Glückliches Volk.

Als sie gegangen waren, setzten sich die beiden Männer an den leeren Tisch. Stanislaus Mierek entschuldigte sich für seine rabiaten Polizisten. Man hätte sie aus dem Spiel lassen sollen.

«Alles kapuut», grinste er und machte eine Handbewegung, als käme es auf das bißchen Silber nun auch nicht mehr an. «Ist gut, ist gut», murmelte Opa Blaschke. «Es war ja nur wegen der Erinnerungen.»

In ein paar Tagen werden sie Kalischken verlassen. Goschia wird das Federvieh von der Auffahrt scheuchen, damit das Auto ohne Schaden die Pflasterstraße erreichen kann. Stanislaus Mierek wird zum Abschied sagen: «Ich werde meine Goschia nach Berlin schicken!»

In irgendein Berlin.

Sie werden unten an der Auffahrt stehen. Der Hund wird wie verrückt bellen. Goschia und die beiden Kleinen werden winken. Opa Blaschke wird sein Taschentuch aus dem Autofenster hängen. Heinz wird in den Rückspiegel starren, wird fast in den Graben fahren, weil er von dem Rückspiegel nicht lassen kann.

Wenn sie das Dorfpflaster von Kalischken hinter sich haben, wenn das Auto unter den schattigen Bäumen der Chaussee fährt und Heinz den Dudelkasten einschaltet, um Jazzmusik von Radio Warschau zu hören, dann wird Opa Blaschke sagen: «Laß uns man nach Hause fahren, Jungche!»

Nachbemerkung

Um ehrlich zu sein: Dieses Kalischken hat es nicht gegeben. Es lag an der litauischen Grenze, war auch im tiefen Süden Masurens zu finden, selbst in der Nähe Königsbergs suchte man es nicht vergeblich. Kalischken: das waren ein paar ins Land gekuschelte Strohdachhäuser, beliebige Dörfer zwischen Nogat und Memel, in denen die Zeit immer ein paar Wegbiegungen hinterherhumpelte, kleine Pausen einlegte und am Straßenrand ausruhte.

Aber wenn es schon kein Kalischken gibt, so sind seine Geschichten wenigstens wahr. Auch jene, die ihr Leben der ausschwärmenden Phantasie verdanken. Denn das Mögliche ist oft wahrer als das Wirkliche. Die Geschichten von Kalischken sind irgendwo geschehen im Land der Klupperstorchwiesen und der Schilfrohrwälder . . . oder sie könnten geschehen sein. Kalischken war überall.

Arno Surminski

Inhalt

Arno Surminski

Fremdes Land oder Als die Freiheit noch zu haben war

Roman, 512 Seiten, Linson

Im September 1955 fährt Herbert Broschat (21) auf einem Auswandererschiff von Bremerhaven nach Toronto. „Aussteigen" aus Deutschland – das ist es, was ihn und seine Generation schon damals bewegt. Auf dem Schiff freundet er sich mit Erich Domski an, einem waschechten Ruhrkumpel. Doch auch in Kanada holt die deutsche Vergangenheit die beiden Freunde ein.

Jokehnen oder Wie lange fährt man von Ostpreußen nach Deutschland?

Sonderausgabe, Roman, 425 Seiten, Linson

»Arno Surminski zeichnet mit souveränem Erzähltalent kenntnisreich einen Abschnitt jüngerer deutscher Geschichte, dessen Auswirkungen viele von uns heute noch deutlich spüren. Ein Buch ohne Klage und Anklage, ohne Trauer um die verlorene Heimat. Daß ich jetzt etwas über Ostpreußen weiß, was über das angelesene Sachbuchwissen hinausgeht, verdanke ich Arno Surminski.«

Norddeutscher Rundfunk

Kudenow oder An fremden Wassern weinen

Roman, 371 Seiten, Linson

»Surminski erinnert sich ohne Beschönigung, doch auch ohne Bitterkeit. Da ist kein Zorn, kein Haß zurück, eher ein großes Staunen darüber, was der Mensch alles ertragen und überleben kann. Er versteht es, plaudernd zu erzählen, ohne seine Leser zu ermüden oder zu langweilen. Das liegt nicht zuletzt an seinem stillen Humor; Surminski ist ein Meister des Lächelns.«

Welt am Sonntag

Aus dem Nest gefallen

Geschichten aus Kalischken, 183 Seiten, Pp.

»Jede Geschichte umfaßt nur wenige Seiten, aber was da hineingelegt ist, wirkt so eindringlich und schicksalhaft, als hätte man ein ganzes Menschenleben vor sich ablaufen sehen.... Mit einem Wort: Surminski erweist sich hier als Meister der kleinen Kunst. Denn man muß wissen: Kurzgeschichten zu schreiben ist schwerer als einen Roman zu Papier zu bringen.«

Ostpreußenblatt

Hoffmann und Campe

1045/3